詞與禪

少林寺监院·禅意·人生

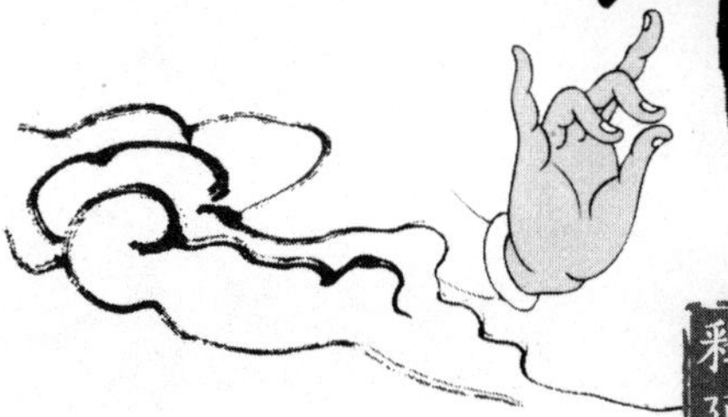

释延裕 著

九州出版社
JIUZHOUPRESS

图书在版编目（CIP）数据

词与禅/释延裕著．一北京：九州出版社，2012.1

ISBN 978-7-5108-1200-2

Ⅰ.①词…　Ⅱ.①释…　Ⅲ.①词（文学）一作品集一中国一当代②禅宗一通俗读物　Ⅳ.①I227②B946.5-49

中国版本图书馆 CIP 数据核字（2011）第 268425 号

词与禅

作　　者　释延裕　著
出版发行　九州出版社
出 版 人　徐尚定
地　　址　北京市西城区阜外大街甲 35 号（100037）
发行电话　（010）68992190/2/3/5/6
网　　址　www.jiuzhoupress.com
电子信箱　jiuzhou@jiuzhoupress.com
印　　刷　北京通州佳明伟业印务有限公司
开　　本　710 毫米×1000 毫米　16 开
印　　张　14
字　　数　187 千字
版　　次　2012 年 1 月第 1 版
印　　次　2012 年 1 月第 1 次印刷
书　　号　ISBN 978-7-5108-1200-2
定　　价　28.00 元

序 一

延裕送来他近年的修行读经笔记《词与禅：少室笔记》书稿，邀我作序。细细翻检，颇觉新意。忆及他当年投师少林门下时，少年不知愁滋味，血气方刚，踌躇满怀。而今学业大有增益，功夫日渐精进，行事沉稳有度，待人宽厚谦和。为师枨触良深，遂慨然允诺之。

一向以来，我每每期许于少林弟子，要谨记太虚法师所言“仰止唯佛陀，完成在人格，人成佛即成，是名真现实”；每每教诲少林弟子，既要谈大乘，更要重实行，行为与教理要一致。希望他们要从大乘佛教的理论上，向国家、民族、大众，实际地去体验修学，使世人相信佛法的菩萨行确实有利于现实社会和大众。

我以为，佛教禅宗是中国优秀文化的一个重要组成部分。因此，作为禅宗祖庭的少林寺，尽管社会日新月异，但佛教的内涵不能丢，要留给世界一个完整的少林，留给后人一个真实的传承。为此，佛教，少林寺，应该也必须走出山林，走出寺院到大众中去。

有鉴于此，我很早便提出了“僧是僧，寺是寺”的“两个少林文化空间”的主张，并在少林文化传承、僧伽教育、社会慈善事业诸方面，有实际的行为表现。

我以为，这是对佛教前贤所倡导的“人生佛教”和“人间佛教”的承继；这也是对太虚法师所提“教理革命”、“教制革命”、“教产革命”三大革命的实践。多年来，少林寺在积极倡导大乘佛教自利利他的精神去改善国家社会、努力改革僧众的生活、健全组织制度、培养青年僧伽以为兴办佛教事业之用诸方面，都做出了有目共睹的实绩。

所有这些，都可以也应该称作“少林文化实践”，我对此甚感欣慰。

延裕便是少林寺文化实践的一分子。《词与禅：少室笔记》收录延裕读书笔记凡24篇，每篇均以一词牌领衔，篇篇透出“词中悟禅”、“禅中有词”，很有新意。一定意义而言，“禅”即“词”，“词”即“禅”，所谓“花非花”是也。譬如，释皎然上人，禅道修得好，悟得透，诗文在有唐一代也是上乘。又譬如，《五灯会元》所记，“有僧问越州石佛晓通禅师，‘如何是顿教’，师曰‘月落寒潭。’曰，‘如何是渐教’，曰，‘云生碧汉。’”

这便是空海上人所言，“大仙利物，名教为基；君子济时，文章是本也”；大师又曰，“一名为始，文则教源，以名教为宗，则文章为纪纲之要也，世间出世，谁能遗此乎！故经说阿毗跋致菩萨，必须先解文章”；或曰，“一切教法，皆待文字而宣说，若离文字，无由其教。所谓文字，且有六尘境界，并皆教体故。”善哉斯言！

“禅”与“少室”本为一义。如是，“禅”“少室”“词”，三而为一，一即一切，一切即一，正应了佛家“三才”、“三业”、“比丘三衣”、“三身”、“三宝”、“三智”诸多吉祥。善哉！善哉！

《词与禅：少室笔记》之另一新意，就在词牌与篇名的融合，如首篇《归字谣·信仰与我的人生·自序》，主旨为“归”，便含了归附、归根、归回、归来、归宿、归向、皈依等；又如，《闲中好·本地风光·雪域的宗教有感》，取意“闲”，意乃皈依之后“闲情逸致”“闲适”“闲心”“闲雅”“闲云野鹤”等。还有词篇与文意之融合、互解，都是下了一番工夫的。

延裕的《词与禅：少室笔记》，不妨看做是对前辈的学习笔记，深慰吾心。他的勤奋、努力、刻苦，应该予以嘉许。是为序。

释永信

丁亥年冬 少林寺

序　二

对于河南，我一向心向往之，这里是中华文明和中华民族最重要的发祥地之一，中国历史上相当长时间的政治、经济和文化中心都曾经在这里；对于嵩山，我也一向悠然神往，虽然经年浸沉于高分子化学中，但我向来是把嵩岳文化作为中原文化的象征的。

如是，当少林寺释延裕邀我为他的《词与禅：少室笔记》一书作序时，我很有一种亲切感。毕竟，释延裕取得北京大学硕士学位时，我已经是北大的校长、老师。当然，我更是北大的一名老学生。于此，我很有一种责任感。

《词与禅：少室笔记》中，最令我欣慰者，是释延裕在北大读书期间的两篇论文：其一，《有关“大少林”软实力的几点思考》，其二，《“大少林”的“申遗”思考》。两篇文章，都可以说是对河南省有关大力发展文化产业、推动文化资源大省向文化强省跨越这一决策的理解。

一介僧人，心怀普度众生的出世境界和追求，不忘服务社会的入世情怀和实践。我很为我们北大的学子而骄傲。

多年来，我讲得最多的一句话，就是“服务国家战略”。中华民族的伟大复兴，需要每一个中国人都要把服务国家战略作为自己发展的立足点和着眼点，要把个人的发展融入国家的发展；要有服务人民的意识；要有崇高的使命感和坚忍不拔的勇气；要有激情、有理想，既要着眼于长远，更要立足于现实，在任何时候，都要以国家、人民的利益为根本。

我以为，“服务国家战略”，务须有为人老实、作风朴实、学习踏实、工作务实的求实精神。高扬理想主义，绝非高调做人、高声说话、眼高手低，而是不浮躁，不事张扬，要为人低调、老实，以诚待人；要保持朴实的作风，为国家为社会多做实事。

我以此寄语释延裕，希望他日有精进，希望他的“大少林”的理想得以实践。

北京大学校长　周其凤

2010年7月15日

心得

出家于嵩岳地区，购书并不是很方便的。虽则，少林藏书不可谓不丰，自己书箧也不乏些许，且为日日必读必诵。然则经籍之外，其他有益身心调适，有益修行养性，有益佛学精进的诸子典籍，却不是很多。

北大读书期间，曾经于中关村书肆购得一册上海古籍出版社1978年版的刘熙载《艺概》。开卷“艺者，道之形也”一句，深得吾心。久之，便也成为案头必读书之一。

刘熙载（1813—1881），清文学家。字伯简，一字融斋，自号寤崖子，江苏兴化人 。道光二十四年（公元1844年）进士，官至广东提学使。晚年主持上海龙门书院讲席。咸丰三年（公元1853年），奉命值上书房，咸丰皇帝见其体气充溢，早晚无倦容，问其所养，刘熙载对以“闭门读书”。咸丰帝为嘉奖他，手书“性静情逸”四字赐之。

“闭门读书”和“性静情逸”，确实也是师傅释永信上人每每教诲于我的。如是，《艺概》遂也成为我常修的书目之一。当然，这是功课以外的事了。

《艺概》是刘熙载最重要的著作。他在《艺概·自序》中，通过“举此以概乎彼，举少以概乎多”的方法，阐述了文、诗、赋、词曲、书法、经义的历史流变、创作理论和鉴赏方法，对于理解佛典，不乏互参，多有启迪。

由《艺概》，继而开始喜读诗话、词话一类旧籍。诸如清人江顺诒之《补词品》、许奉恩之《文品》、沈莲墅之《集千文诗品》，我是尤为心仪的。

这样，多年的读书心得成书之际，我想到了刘熙载等前贤，想到了《艺概》所言，“‘闻’‘见’皆以‘概’为言”。少林释子，不揣浅陋，引《艺概》等之目次，作为自己《词与禅：少室笔记》之目次和主旨，“志于道，据于德，依于仁，游于艺”，以为自己的“游艺约言”。

这也便是刘熙载《游艺约言》中所言，“文，心学也。心当有余于文，不可使文余于心”，又谓之，“诗中有诗，文中有文，真也。诗莫作诗解，文莫作文解，寓也。”

学佛问禅当也如此。

是为《词与禅：少室笔记》心得。

延裕谨识。

目 录 Contents

甲卷 经意·读经

归字篇——结缘禅门

释子篇——读经心得

三昧篇——读书笔记

三学篇——佛学一般

三业篇——佛学论述

乙卷 词意·读景

甲卷 经意·读经

刘熙载《艺概·经义概》有言，“凡作一篇文，其用意俱要可以一言蔽之。扩之则为千万言，约之则为一言，所谓主脑者是也。”又曰，“文不外理、法、辞、气。理取正而精，法取密而通，辞取雅而切，气取清而厚。”

虽则，熙载此为论《易》《诗》《书》《周礼》《礼记》，释家经籍未尝不是如此。且看《景德传灯录》卷二之《侍者安和子道师》一篇，开卷便是“偈曰，一切众生性清净，从本无生无可灭”。遍览佛教典籍，“偈曰”比比皆是。这不就是刘熙载之“主脑”？李渔《闲情偶寄》所谓“主脑非他，即作者立言之本意也”。

延裕则以词牌为自己的“立言之本意也”。

归字篇——结缘禅门

1. 归字谣·信仰与我的人生·自序

归，猎猎薰风飐绣旗。阑教住，重举送行杯。

——张孝祥

《少室笔记》，是我在师父永信大师十余年教诲之下读书、修行的感悟。付梓在即，再次细细品味师父所赐序言，“忆及他当年投师少林门下时，少年不知愁滋味，血气方刚，踌躇满怀。而今学业大有增益，功夫日渐精进，行事沉稳有度，待人宽厚谦和。为师怅触良深”，衲子延裕则自增惭怍。

依理说，身在禅宗祖庭，十余年读经修行，这等俗子心理，该是祛除干净的了。然则，这正是延裕惭愧之处。愧在学业也好，修行也罢，乃至少林传世功夫，和师父之期冀、厚爱，尚有大的距离。遑论佛学之博大精微，是不敢有丝毫懈怠而需毕生专研修习的！这也正是师父序言中最后所言，“勤奋、努力、刻苦，应该予以嘉许”。延裕以为，师父嘉许之中，更多的则是劝勉。

之所以借南宋大家张孝祥的“归字谣”以为《少室笔记》之开篇，除却借用“皈依”之义外，还因为于湖居士词作中常常表露出的俊逸、豁达的人生态度，譬如《西江月·洞庭》中“世路如今已惯，此心到处悠然”，又如《浣溪沙》中“已是人间不系舟，此心元自不惊鸥，卧看骇浪与天浮”等，很是应和我的心境，无论皈依前后。

人生就是旅途，确切些说，是归途。归于何处？归于自己的选择。选择却有主动、被动之分。

世人多有趋利之途，利心中鹜，贪目不瞬；贤哲常有归隐之途，暧暧远人村，倚南窗以寄傲；君子当为归仁之途，需养浩然之气，所谓配义与道。

因此，尽管都是一个归程。正所谓“何处是归程，长亭更短亭”，便只是旅途中的跌宕起伏而已。

迄今三十年的我的人生旅途选择可以说有两次。

唐朝高僧玄奘故里河南偃师是我的故乡。偃师因公元前 1046 年周武王东征伐纣在此“息偃戎师”而名，先后有夏、商、周、东汉、曹魏、西晋、北魏等七个朝代在此建都，是国内已知建都朝代最多的县级市。其中被史学界命名为“二里头文化”的夏都遗址，是迄今为止可以确认的中国最早的王朝都城遗址，是史学界公认的“华夏第一王都”。

十八岁以前，一如常人，咿呀学语开始，受宠爱于父母。孩提时期乃至少时读书后，耳濡目染，多是商汤王、伯夷、叔齐、吕不韦、田横、颜真卿、唐太子李弘、杜甫等，还有张衡、蔡伦、班固、王充等历史人物的典故、逸事。当然，不乏玄奘大师，包括《西游记》。求学之

余，多为农事所累。作为父母膝下长子，学业闲暇之时，做些农活，晨兴理荒秽，带月荷锄归，尽孝堂前，农家子弟大抵是如此的。倘有闲暇，多和伙伴们徜徉于古旧遗址间，更多时候，则是临摹颜真卿真迹。

这是故乡赐予我的文化启蒙。于我而言，这终身受用不尽的财富，却是在我离开故乡后才领悟到的。

皈依之途，始于十八岁。这确是自己的主动了。可以说，都是缘自对故里先哲玄奘大师的景仰。

偃师人于玄奘业绩，大抵都是知道一二的，并且，绝不仅仅是《西游记》。而《西游记》于我，则是更多的疑问，玄奘取经是历史上的一个壮举，是很了不起的一件伟大事情。为什么会发生取经的事情呢？玄奘取经的目的是什么？最后的结果、贡献又是什么？

这样，也就是高中阶段，有了一定的语言功底后，我接着阅读了宋代的《大唐三藏取经诗话》，慧立、彦悰撰写的《大慈恩寺三藏法师传》以及《续高僧传·玄奘传》。

年方弱冠，高中学业行将结束，该是考虑读大学求功名的时候。

记得那年开春，大约是旧历三月初的一个周日，正是杜工部所谓“三月三日天气新”的好时光，我突然萌生了一种至今也无以解释的冲动，一人徒步便去了偃师缑氏镇凤凰山下的陈河村——唐代著名高僧、翻译家、旅行家玄奘的故里。

信步于玄奘故居、皇家寺院佛光寺、陈家花园、凤凰台、马蹄泉、晾经台、西原墓地，我想起了陈子昂的诗句“念天地之悠悠”，心中涌动着的却不是“独怆然而涕下”。

待到漫步至凤凰嘴东 150 米处的晾经台时，想到玄奘取经归来，回故里省亲，孰料过河时将经卷掉此河中，遂在河边巨石上晾晒经书，我心中无上感动，如醍醐灌顶，随意接陈子昂诗，口占一句“念天地之悠悠，独憬悟而心仪”。

这刹那间的感悟，时下想来，便是佛的召唤。

我开始思忖。投考大学，继续学业，或可求得世俗正果，譬如功名利禄、耀祖光宗。这却是被动的选择。谓其被动，盖由于那是世俗规定于每个人的必然，究竟是“他”的认可，而非“我”的所得。

其时，我常在农闲之时，到附近的一家武校习武。正是血气方刚之时，无以宣泄无可名状之气，武术予我以依托。在炽烈的肢体对抗中，我发泄着内心的郁闷；在酷烈的刀光剑影中，我体味着别样的人生。武术，便也成为我身体最好的归宿。

究竟，那时我还未领略到武术之精华。

但是，这时玄奘给了我力量。

少年不识愁滋味，少年强烈的冲动，使我坚定了自己的学佛、向佛的信念。就在一个漆黑的夜晚，我偷偷地离开家，偷偷地离开了生我、养我的那片土地。秦楼月，年年柳色，却是，偃师伤别。

那年，我十八岁……

何处是归程，长亭更短亭。我不知所措。

依稀记得教练常说的“少林寺”，那个充满神奇色彩的地方，由于电影《少林寺》的显扬，成为我心中的圣境。我扒了一辆煤车，南下登封，去找寻梦想的地方。遇人便问少林，几经周折，终于来到了轩辕关内少室山北五乳峰下的少林寺山门。

步伐矫健、眼神炯炯的习武者，游人如织、摩肩接踵的旅游客，僧俗两界，比肩于古朴的山门前，竟至那么谐和。一种归家的感觉，竟至那么强烈。

我要回归这个山门，每每被看门人拦住。寄托心缘希求回归之心，便愈是强烈。

依稀记得曾经看过的电影中，一些到少林寺投师学艺的人往往长跪门前，以示虔诚，以示不二忠贞。我也试着跪了下去——曾经下跪于父母。蒙蒙细雨中，风铃在微风中摇晃。蒙蒙细雨中，细雨浸透了我的单衣。

许久许久，我的腿又酸又痛。我咬着牙挺着，心中默诵着，“不曰坚乎，磨而不磷；不曰白乎，涅而不缁。”缁流所归，要紧的便是不变的操守，不变的信念。

良久，从门口出来一些僧人。一位中等身材、略胖、面膛红润的师傅走了过来。看着我，然后他问了我许多的问题。我已然记不清那是些什么问题了，我却清晰地记着自己坚韧的信念。他思忖了一会儿，说了一声：“你跟我来吧！”我决然地站了起来，没有酸痛，没有湿冷，跟了上去。

我如愿踏进了少林寺，我以自己的坚韧，被这座“寺以拳显，拳以寺名”的千年古刹所接纳。每日，我穿梭于寺院中。周围鸟语花香，香烟缭绕，如诗似画，我无暇顾及。因为我要追寻少林前贤的盖世武功，我要锤炼自己的不二功夫。

这是少林寺施予我精神洗礼的时期。于我而言，这需要我终身去追求的境界，却是在我的初衷意外改变之后才悟得的。

在一次训练中，我的腿部扭伤，不得不坐在场地边看师兄弟们练功。不经意间，我看到旁边有一本书，顺手拿了过来，就这样翻了翻。渐渐便沉溺其中，渐渐地明白了一些意思，并且，对本来习以为常的诵经声、法器声产生了一种无有名状的冲动。封闭了好几年的心，慢慢地对经书感兴趣了。

我向那位带我走进少林的师傅——也就是我现在的剃度恩师永信上人借些经书来读。

“佛”“法”“僧”“无常”，这些曾经陌生也还熟悉的概念，开始渐次进入我的心田。

读经的过程，良久，良久。萌生出家的心愿，却是刹那间。

师傅微笑：“你先去斋堂帮帮忙吧！”

我开始有更多时间接近那些出家的僧人了，我跟他们学一些日常佛教礼节，穿衣、吃饭、礼佛……等等，一切都是那么平和、静谧，那么神圣、庄严。佛的境界是那么宽广，那么奥秘。

几个月后，我终于跪在立雪亭前，师傅给我剃度，伴随着一绺绺头发的脱落，伴着新的名字、素朴的衣衫和油亮的光头，真正脱胎换骨后的沉稳，油然而生。

皈依之年，我二十一岁。这是我人生的一次无怨无悔的重要选择。

一介小比丘，又回到原来的生活圈里。虽然，师兄弟们已经习以为然，我却总觉得有些隔阂。

师傅看出了我的窘境。于是，送我到广东南华佛学院求学。在南华寺开始了一种崭新的生活。整日在上殿、过堂、上课、坐禅等等这些钟板中徜徉，重复着同样的、单一的节奏，却真正其乐融融。

我开始有步骤、有系统地学习佛理，在不断的学习中，体味佛陀伟大的智慧，认知凡夫的愚痴根钝。我常跪在祖师殿六祖真身像前，发露忏悔往昔所造的恶业，祈愿更多的人能闻听佛法。

一年多的南华寺参学，获益良多。随后，我又来到苏州西园寺。虽然，晨钟暮鼓中，我们依然重复着同样的步调，然则，对佛法，我有了更深的体认；对皈依之途的选择，更坚定了信念。

遂有延裕皈字谣如次：

皈，暖暖尘寰别样衣。参禅处，惟我少林陂。

2. 闲中好·本地风光·《雪域的宗教》有感

闲中好，尽日松为侣。此趣人不知，轻风度僧语。

——郑符

闲中好，这是不关乎环境的。长青松也罢，秋月菊也好，巍峨的山，抑或是壮阔的海，要的是一个淡定的心境。俗人所言大隐隐于市，也是这个道理。

譬如，高峻的山脉、辽阔的草原、洁白的雪域、成群的牛羊等等，这些人们印象中的青藏高原，尽管自然环境严峻，但生活在那里的人民却能坦然而又豪放地对待。因为他们有精神上家园——藏传佛教。

这便是淡定。无论处在何种境况，他们用佛法的力量去支撑他们的心灵，用他们的勤劳和智慧去创造着生活。坦荡的胸怀与高山相媲美；奔放的性格与草原相映衬。

藏传佛教与当地人们的生活息息相关。在漫长的历史长河中，藏传佛教自从植根于西藏，就紧紧与政治、经济、社会相融合起来，也就是说，藏传佛教的历史正是西藏的政治史、经济史。

青藏高原，号称“世界屋脊”，具有独特的地理位置。她西靠印度，东接汉地，这样一来就可以吸收两边的文化、历史、教育等等。公元七世纪时，藏人就利用梵文的模式和语法结构创造了藏语，这是从西藏派往克什米尔去研究梵语的一位西藏使节研制成功的。

至于藏传佛教，作为中国佛教的一支，俗称喇嘛教，历史也是悠长的。还是在七世纪时，吐蕃赞普松赞干布信奉佛教，建寺译经，这就是藏传佛教所谓“前弘期佛教”的开端。佛教在同当地苯教的长期斗争中，在赤松德赞时期得到大的发展。到了九世纪中叶，赞普朗达玛兴苯灭佛，禁止佛教流传，“前弘期佛教”终止。

在藏族，赞普就是吐蕃君主的称号。《新唐书・吐蕃传》中记载，“其俗谓强雄曰赞，丈夫曰普。故号君长曰赞普。”

到了十世纪后期，佛教在藏区得以复兴，这就是“后弘期佛教”的开始。陆续出现了教派。十三世纪后期，在元朝的扶持下，西藏上层喇嘛开始掌握地方政权。到了十五世纪初，宗喀巴进行改革，创立了格鲁派，改派势力逐渐强大，后来在清朝的扶持下掌握了西藏政教大权。

藏传佛教在同苯教长期相互影响、相互斗争的过程中，以佛教基本教义为基础，吸收了苯教的一些神祇和仪式，并继承了印度密乘时期大部分的思想，教义上以大乘和南传兼容，而以大乘为主，大乘中显、密俱备，尤重密宗，并有严密的寺院组织和学经制度及完整的藏文版三藏教典。

在吐蕃时期，松赞干布又与汉地人通婚，同时吸收了汉地手工艺、种植业、医学等方面的知识，促进了民族的大融合；松赞干布还与尼泊尔公主结婚，也带入了印度的工艺、医学等。并分别建立了大、小昭寺作为永久地纪念、和平的象征，佛教徒也扮演着和平的使者。这也使得藏传佛教的寺院参与到各地方的生活中，藏族人的种种需要，基本上可以在寺院中得到满足。诸如以上自然、人文的条件就促使藏族人全民信教，并以儿孙出家为光荣。藏族人的日常起居都离不开佛法，同时佛法也塑造了藏族人顽强的精神！

在恶劣的环境下，藏族人那种学法的精神，让我们深深地敬佩。荒凉的高山、冰天雪地，随处可见各种藏传的真言、咒语。在最艰苦的地方，或许有出家人在闭关修行；在漫长的马路边，一个个藏族人叩着长头，去朝拜他们心中的圣城，为了寻访名师，他们跋山涉水，不惜重金，为的是求得佛法的真理。为了获得某个法的修证，他们数十万次加行，将他们的身心全部投入到佛法中去。

藏传佛教有多个宗派，每个宗派都有一个自身完整的思想体系。或许因为一些历史的原因，个别宗派不复存在了。但它们却有一个共同的特征：注重佛法思想的灌输，同时加强实践的修行，学法和实修并重。虽为密乘，但同时注重显教的学习，并列出因明、中观、俱舍等五部大论为修习显教的必修课，还以显宗悟见、密宗修道为指导方针。另外每个宗派又有各自的密宗次第，如噶举派的主要学说是月称派的中观见，密乘宗以大手印的智慧，先使生起“猛利火智”，由这个智力引发“大印智德”；噶当派主要推出所谓的“噶当七论”，即《大乘庄严经论》、《菩萨地》、《集菩萨学论》、《入菩萨行论》等七部论，并根据修佛法者的不同根器提供了三种不同的修习佛法的途径，即“三士道”；宁玛派有多种传承，如：诸佛密意传承，持明表示传承；常人耳闻传承，但最重要的是大圆满教授；萨迦派主要传授为道果教授，以修欢喜金刚二次第道及其支分为主。

同时也有一切共道修法：格鲁派兼具西藏各派教义之长，如上传戒律和下传戒律等所有戒律、菩提道次第和菩提教授、乐空大手印、那若六法、尼古六法等其他教派的核心佛法，另外格鲁派还具备五明学处以及文法、算术等世间艺术，也很丰富。

总之，藏传佛教以本地为基点，传承印度佛教密乘时期的思想，又创造了适合藏族地区的一个思想体系。她概括众多方面，为藏族地区生活中一个重要组成部分。她以丰富的内涵，在佛教界闪耀着璀璨的光辉，并为21世纪的人民带来强大的精神动力！

正所谓，**闲中好，尽日松为侣。此趣人若知，轻风诵佛语。**

3. 庆宣和·体味素食·我的学戒心得

云影天光乍有无，老树扶疏。万柄高荷小西湖，听雨，听雨。

——张可久

云影、天光、雨点，来有影，去无踪。映衬于有影有踪的扶疏老树、小荷西湖，空灵和实景之间，禅味真是浓郁得很！

不由得回想起在少林寺刚出家时。

那时，师傅每每给徒弟们宣讲《少林戒约》。我们也每每是极难听进去的，还不时做小动作。经常被师傅罚跪香，便也是常事。戒约于是成为我们几个捣蛋鬼揭发别人“罪状”的依据，而每每不能自身纳受。

不久，我进入佛学院学习。广化法师的《沙弥律仪集要》是其中的一门课程。后又接触了圣严法师的《戒律学纲要》。

看到作为一个出家人，吃、喝、拉、撒都有讲究，言、谈、举、止也有规矩。那时我口上虽没有说什么话，心里总觉得是不是管得太宽了？时下年轻俗子们常常挂在嘴边的“郁闷”，大约就是那时的心境。

尤其，沙弥十戒并威仪中“七十二威仪，总有十四事”，其中沙弥白师法、沙弥入众法、沙弥入厕法、沙弥礼师法……等等，我看到其中的细节，心里生起许多反叛的思想，还妄想从中找到几个缺口，为自己的行为做些遮掩和托辞。这种冲动，一直强盛了好久。

可能是我一直在丛林中生活，它被佛法所缚住；也可能是大众熏修，我心中的那股冲动，随着时间的流逝，被一点一点冲蚀和洗涤着。虽然，我还有很多习气未改，但是心清净了很多。特别是不久后的一次广东之行，令我感触颇深！

那时，我有幸参加广东省曲江南华寺建寺一千五百周年的庆典。壮严的道场，优雅的佛乐，数以万计的善男信女，她们在不断地顶礼、膜拜。我开始思考，究竟是一种什么样的力量使那么多人虔诚礼拜呢？其中不乏许多社会上的精英，他们在社会上乘风破浪，力挽狂澜，却对圆领方袍的出家人礼拜、供养。十分自然，无有丝毫的造作！我的心受到了极大的震撼！

法会结束后，我坐顺路车到广州。因为是第二天的航班，只好夜宿。

巧遇俗家老友，不免在房间谈天说地。因为这位朋友以前从未接触过佛教，只知我在少林寺练武术，所以朋友跟我开玩笑说："你的发型挺酷，服装够另类的！"我笑了笑，没有回答，心中有许多话想说，想给他讲些佛教常识，却又严肃不起来，只能无奈而笑。到了吃饭的时间，我们便准备下楼吃饭。进入电梯，其中已有两个人：一个中等身材，微胖；另一个也是中等身材，只是多戴着一副眼镜，夹着一个考究的公文包。

此时，我的手机响了。我通话完后，那个夹公文包的人开始说话了："阿哟！和尚也用手机。"带有一种讽刺、嘲笑的口气。

我微微一笑，说："阿弥陀佛！为了便于联系。"

那个"公文包"又说话了："那些善男信女的钱都被你们给挥霍了。"

我还是笑了一下，说："请尊重我的人格。"

"公文包"马上回应道："你是人吗？"我的拳头下意识握了起来，

心中冲动。想起前几年，一个无知少年喜好拳打脚踢、刀光剑影，专爱惹是生非，双手造了多少业债！此时，我的牙咬得“噌噌……”响，目光傻愣愣的。但又回想这几年还是受了佛法的洗礼，“若受欺侮，方便避之”。这两股思潮在脑中矛盾冲突，翻来覆去。最终，我出了一口气，拳松开了，脸色恢复了自然。心里想：“自己出寺院在外，个人的荣辱得失又算什么呢？虽然自己是个小沙弥，但也代表了佛教的形象，犯不得和公文包那样的狂妄无理的人一样。”

佛陀也曾被人骂。佛问此人：“子以礼从人，其人不纳，礼归子乎？”那人回答：“归矣。”佛又说：“今子骂我，我今不纳。子自持祸归子身矣。”我经过了复杂的心理斗争，心终于平静下来了。此时，电梯到了二楼餐厅。我若无其事地走出了电梯。又何必管他们说什么呢！

迎面而来的是迎宾小姐甜美的话语：“先生，欢迎光临！”豪华的大厅，中央挂着巨型吊灯。我们找到一张空桌坐下，服务生走过来，把菜谱递给我的朋友，他又递给我。我顺手看了一下，对服务生说：“我吃斋，首先提个前提，用色拉油炒菜，不放姜、葱、蒜。另外，斋菜，请在盘上加一双公筷。”服务生难以理解，就说一声：“先生，请稍后。”过了一会儿，另一个服务生走过去，从她的服饰上看，可能是领班或者经理，恭敬地说：“师傅，你好！”我又把我的特殊要求说了一遍，她欣然答应。此时，周围的人，不时有人朝我们的餐桌看，然后，讨论一会儿。尤其，在我们餐桌上菜时，许多人借故从我们身边走过，斜视我们吃些什么。我还听到一声：“和尚吃不吃辣椒？”

我心里觉得好笑。虽然，我的所作所为

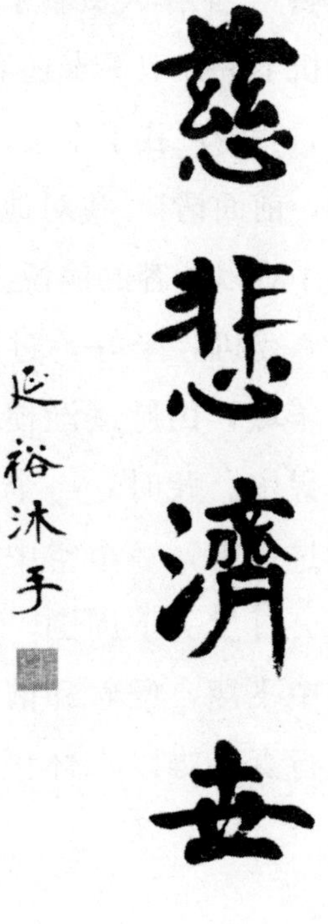

相对于他们来说，显得古怪和特异，但心里却十分坦然。朋友终于忍不住问我："你不吃肉，姜、葱为什么也不吃呢?"我开始向他解释说："吃肉要杀生，有悖佛法慈悲救济一切众生的本怀；姜、葱等五辛食品，一方面散发的气味难闻，另一方面，容易刺激人体激素，从而增加淫欲心。"朋友听后不解，继而又问："老兄！真是不结婚吗？想不想男女之欢呢?"诸如此类等等，我也一一委婉而又耐心地回答。周围的人也有一些倾着耳朵听，他们也充满了好奇和新鲜。虽然我只对朋友讲，但旁边的人也领会到其中的意义。此时，我觉得特别的轻安、自在。

第二天早晨，我就赶往广州白云机场。宽敞的候机大厅，人头涌动。虽然人很多，但我真是"另类"，周围的人不停地打量着我。我刚开始觉得不好意思，过了一会儿，自觉把腰板挺起来。米黄色的僧袍在微风的吹动下，人显得格外洒脱！我排队办理登机卡，难免又有几个人"叽叽喳喳"，毕竟每日数以万计的旅客，出家人还是少数。轮到我时，我把护照和机票递了过去，并问："有没有配餐？如果有，请给我一份素餐。"工作人员看了看我，恭敬地说："有，请稍等。"他用电话通知飞机上，并双手奉还我的证件和登机卡。随后，我去安检，因为人很多，我随便找了个关口排队。此时，前面几个人看到我，马上说："师傅，前面请!"我对他们微笑致谢，自然脱口说："阿弥陀佛。"内心充满了难以形容的愉悦。

登机，坐好，过了一会儿，飞机开始起飞。透过窗口，再看一下羊城，山脉逐渐模糊了，一朵朵白云在身边经过，我沉浸在梦的世界中。此时，一个甜美的声音把我唤醒："先生，你的素食。"我回过头来，一个空中小姐正捧着一份套餐。我先合十，而后接了过来。打量一下周围，才发现我是机上第一位用餐的乘客。飞机在天空中飞翔，配着和谐的音乐，在空中用着素餐，是何等美妙！广州之行真是难以忘怀！

觀音大士

戒律是有所不为，有所能为，使众生防非止恶。试想多少恩爱情仇，何不是我们身、口、意造作呢？持戒，又能有威可畏，用身教去摄受更多的人。我们长期生活在寺院中，没有觉得特别重要。但当进入社会中，才觉得戒律是摩尼宝珠。如果不是戒律的摄持，我差一毫又造作了恶业。我自身还有很多恶习未改，但我深深地体味到戒律给我带来的益处！诚如《四分律行事钞》所言，“言止持者，方便正念，护本所受，禁防身口，不造诸恶，目之曰止；止而无违；戒体光洁，顺本所受，称之曰持”。

正所谓，**云影天光乍有无，老树扶疏。万柄高荷小西湖，听律，听律。**

释子篇——读经心得

4. 竹枝·《中论》两问答

杨柳青青江水平，闻郎江上踏歌声。东边日出西边雨，道是无晴却有晴。

——刘禹锡

有朋自远方来。茶余，言及佛典，遂有两问答如次。

《中论》，全称《中论观》。古印度龙树所著，佛典三论之一，后秦高僧鸠摩罗什译。主要讲“源生性空”和“八不中道”的大乘佛教中观学说。刘禹锡所言“无晴却有晴”，倒也切近此论，且直白得很。

问：为什么说三法印即一实相印？

答：三法印是一，诸行无常；二是，诸法无我；三，涅槃寂静。此三者印定释迦的出世法，开示世出世间的真理。这三者，是可以随说一行，或次说第此三印的。说无常即了知常性不可得；无我是我性不可得；涅槃，即是生灭自性不可得。这都是立足于空相应缘起的，所以一切法是本性空寂的一切。常性不可得即现为因果生灭相续相；从生灭相续的无常事相中，即了悟常性的空寂。我性不可得即现为因缘和合的无我相，在这无我的和合相中，即了悟我性的空寂。生灭性不可得，即生非实生，灭非实灭，所以，“此有故彼有，此生故彼生”的缘起相，必然的归结于“此灭故彼灭，此无故彼无”。由此“此无故彼无，此灭故彼灭”的事相，即能彻了生灭的空寂。大乘行者从“一切法本无生”的无生体悟中，揭发诸法本性空寂的真实，直示圣贤悟证的真相。因此，释迦三法印在一以贯之的空寂中，即称为一实相印。

问：怎样才能统一生灭与不生不灭？

答：从《阿含经》为佛法本原，以龙树中道去理解，那么缘起是处中说法，依缘起而明生灭，依缘起而明不生灭。缘起不但是说明现象事相的根本法则，也是说明涅槃实相的根本。依相依相缘的缘起法而看到世间现象界——生灭，缘起即与缘生相对，缘起即取得“法性法住法界常住”的性质。依缘起而看到出世的实相界——不生灭，缘起即与涅槃相对，而缘起即取得生灭的性质。又《阿含经》说：佛陀的正觉即觉悟缘起，也就是当体摄得（自性涅槃）空寂的缘起，所以正觉的缘起，实为与缘生对论的。反之，如与涅槃对论，即偏就缘起生灭说，即摄得——因果生灭的缘起事相。缘起，相依相缘而本性空寂，所以是生灭也即是不生灭。因此缘起为本的佛法是综贯生灭与不生灭的。

显然，从世俗的角度而言，阴晴圆缺、朝朝暮暮、潮起潮落，也是如此。那么，怎样才能统一生灭与不生不灭呢？这便是刘禹锡说的“道”。

所谓杨柳青青江水平，阿含经内有传承。东边日出西边雨，法归之处便是经。

5. 三台·中观三解

树头花落花开，道上人去人来。朝愁暮愁即老，百年几度三台。

——王建

少林论禅期间，有客问道“假名”，曾戏言，唐代大诗人王建之小令《三台》便很有些味道。进而作如下解。

“名”，指语言和概念。假名者，谓语言不能表达诸法真如，概念不能反映诸法实际，唯是约定俗成的假施设，是为假名。

《大乘义章》卷一有相应解释，“诸法无名，假与施名，故曰假名，如贪人假称富贵。”这就是说，世界万有及其一切差别，都是世人用语言概念安置上去的，所谓“废名论法，法如幻化，非有非无，亦非非有，亦非非无，无一定相可以自别，以名呼法，法随名转，方有种种诸法差别，假名故有，是故诸法说为假名”。

那么，什么是不空假名、空假名、假名空呢？

不空假名：此说：诸法从缘起，缘起无实性，所以名空，而假名是不空的。缘起无性名空是真谛，假名不空是俗谛。此不空假名宗，古人比喻为如鼠喽栗，他虽知无实性空，而犹存假名不空，如鼠食栗中仁尽而壳相还在。主张假名不空。

空假名：不空假名宗空得不够，此空假名宗又空得太过火了。

此宗以为：从缘起法的假有义，以观察因果、事相等，此属俗谛；以真智去观察，则起法无不皆空，即是真谛。

此空假名者，以为空是连假名也要空掉的；空是能破析假有而不可得的。此宗以为真谛空，能空破因缘假有。他们承认一切法空。

假名空：三论宗的正义是假名空，简说为假空。缘起是假有法，假有即非真实性的，非真实有即是空。假名宛然现处，无自性即是空。假空者，虽空而宛然假，虽假而宛然空，空有无碍。三论宗传此为假名空，说一切法空故非不及；虽空而假有不坏，也不是太过，所以能得现象与实性的中道。

至于藏传中观的太过派与不及派的思想主张略叙如次。

太过派：主张一切法性空，空能破一切法，从色乃至涅槃、菩提，无不能破。所以执空能破除一切法者，理由有四：（一）一切法不外是自生、他生、共生、无因生；四生既不可得，即一切法不能生。（二）一切法不出有无等四句，龙树菩萨广破四句都不可得，所以一切法毕竟不可得。（三）观察法空时，在一切法空观之下，无一法可得，所以能破一切法。（四）如以为有法不可破的，此不可破的一切法，是不是由量成立的？量，即正确的认识。对于所认识的能恰到好处而得之，此所得的是由量成立，可说为有。但经中说："眼耳等非量"。非量，即不是正确的认识，即六识所知的一切法，皆为不能由量成立的。观一切法空时，不得一切法，即以为能破一切法。一切法空，是因观自性不可得，即由自性不可得而说为空，非一切假名法也不可得。

不及派：此派以为无自性空的自性，即所破的自性。含义有三差别：（一）非由因缘所生，（二）时位无变，（三）不待他立。观一切法的自性不可得，即是破除于一切法上含此三种错误的自性见。依此观察，可悟证胜义空性，得到解脱。

而印传之大乘三家，遮太过与不及而显中道，可作多种说明。

对此，印顺导师在《印度之佛教》里，称之为虚妄唯识系、性空唯名系、真常唯心系。此大乘三系，可从有空的关系上去分别。

“性空者”主张：一切法毕竟空，于毕竟空中能成立缘起有，这是中观宗的特色。这即是“以有空义故，一切法得成”。诸法之所以是毕竟空，就因为他是缘起有；因为诸法是缘起有，所以诸法是毕竟空。若真的通达缘起有，必能通达毕竟空；通达毕竟空，也必能知缘起有。中观者空有善巧，一切空而不碍有，一切有而不碍空。

“唯识者”，可说是不空假名论师。主张依实立假，以一切法空为不了义。以为一切缘起法是依他而有，是自相安立的，故因缘所生法不空。依他起法不空，有自相，世间出世间法才可依此而得建立，此是不空假名者的根本见解。

“真常者”，承认缘起的毕竟。但空了以后，却转出一个不空的。他们以为：空是与小乘所共同的，有些人止于观空，以空为究竟，这是不圆满的。顿根利智的大乘学者，从空透出去，能见不空——妙有。《楞伽》、《胜鬘》、《起信》等经论，都是承认妄法无自性，但皆别立妙有的不空，以此为中道。迷真起妄，不变随缘，破相显性，都是此宗的妙论。概而言之，这也是大乘在印度本土的不同发展时期。所谓，集中阐发“假有性空”理论、由龙树和提婆创始的中观学派；以讲如来藏缘起和阿赖耶缘起为特点、集中阐发万法唯识的各类佛经等等。

这便是，**树头花落花开，道上人去人来。朝愁暮愁即老，尚需佛在心怀。**

6. 章台柳·答有关于佛教中的“有情”

章台柳，章台柳，昔日青青今在否。纵使长条似旧垂，也应攀折他人手。

——韩翃

一向以来，我一直以为，词即禅。《五灯会元》有证，“有僧问越州石佛晓通禅师，‘如何是顿教’，师曰‘月落寒潭。’曰，‘如何是渐教’，曰，‘云生碧汉。’”

这回答是何等的精辟。同样，韩翃《章台柳》亦然。这段小令，最是经典之处，就在二、三两句，“昔日青青今在否。纵使长条似旧垂。”窃以为，这是有助于认识佛教的。

那么，佛教不同于其他宗教与哲学的根本是什么呢？

首先须明白什么是有情。

《成唯识论述记》卷一本是这样解释的，“梵云萨埵，此言有情，有情识故。今谈众生，有此情识，故名有情。”这就是说，有情是佛教对人和一切有情识生物的通称。反之，草木、山河、大地、土石等无情识的东西称为“非情”或“无情”。

再从两个方面来理解。

一方面，佛教不像哲学那样，要么直从外界把握真实，不是落于唯物论，即落于神秘的客观实在论；要么只重视内心，以此为一切的根本；或重视认识，想从认识问题的解决中把握真理。佛教离此二边说中道，直从有情的体认出发，到达对于有情的存在。

另一方面，佛教与宗教。一般宗教，在有情以外，幻想自然的、精神的神，作为自己的归依处，想依赖它而得超脱现实的苦迫。这样的宗教，是幻想的，他力的。佛教也是宗教，却从契合一切法的因果事理中，净化自己，圆成自己，否定外在的神，重视自力，从自己的信仰、智慧、行为中，达到人生的圆成。

而有情痛苦的根本症结之所在又是什么呢？

有情发生众苦的根本症结在于有情（五蕴为有情的蕴素）本身，即有情五蕴身心的存在。色、受、想、行、识这五蕴，约情识的能识、所识而分。有情的情识，在色上贪着——住，或于情绪上、认识上、意志上起贪着，执我执我所，所以系缚而流转生死。依佛法说：有情的生死流转，世间的苦迫纷乱，根本为“我见”在作祟。我见，即人人于自己的身心，有意无意地直觉到自我。强烈的自我感为中心，于是乎发为一切颠倒的思想与行为。可见，有情五蕴身心的存在是痛苦的根本症结。

理解了上述要义，便可以理解什么是人间于天则为善趣了。

有情分为天、人、地狱、畜生、饿鬼等五类，而人，则为五趣的中心，又为有情上升下堕的枢纽。天上的享受，虽比人类好，但只是庸俗的，自私的；那种物质的欲乐，精神定乐的陶醉，到五衰相现行时，还要堕落。诸佛皆在人间成佛，所以人为天的善趣，值得天神的仰慕。

人还具有三大特性：一、惭愧，惭愧是自顾不足，要求改善的向上心，这也是道德的向上心，能息除烦恼众恶的动力；二、智慧，人能从经验的记忆中，启发、抉择、量度等智慧力，能设法解决问题；三、坚忍，人能忍受极大的苦难，为了达到某一目的，在所不惜，坚忍一切，非达到不可。

章台柳，章台柳，昔日青青今在否。纵使长条似旧垂，也应视为心中秀。

三昧篇——读书笔记

7. 晴偏好·佛经改不得

平湖千顷生芳草，芙蓉不照红颠倒。东坡道，波光潋滟晴偏好。

——李霜崖

沈锜先生对居士的解释，窃以为是很精当的。

先生说，“由于儒教和佛教之交融，一个典型的混合产物，就是中国所谓的‘居士’，这一名词是指那些度着佛教的隐居生活而不出家为僧的儒教学者而言。”

诚哉斯言！所以，李霜崖有“东坡道，波光潋滟晴偏好”之喟叹。

真个是，居士也不是那么可以随意便挂的头衔呢。

由是想到夏莲居。

以前对夏莲居会集本的认识，只是听佛友们说一说而已，并未深入进去。恰好戒幢佛学研究所开讲净土课，并把姚秦鸠摩罗什译的《佛说阿弥陀经》（以下简称罗什本）、大唐玄奘译的《称赞净土佛摄受经》（以下简称玄奘本）、夏莲居会集的《阿弥陀经》（以下简称会集本）放在一起进行比较分析，才知会集本如何“所会所集，咸符圣心”呢！本文就举一例，来“领教”夏莲居的文笔。

玄奘本	会集本
1. 如是东方亦有现在不动如來。山幢如來。	1. 东方亦有现在阿閦鞞佛、须弥相佛、大山如來。山光如來。妙幢如來。如是等大须弥佛
2. 如是南方亦有現在日月光如來。名稱光如來。大光蘊如來。迷盧光如來。	2. 南方现在有日月灯佛、名闻光佛、大光蕴佛、须弥灯佛、
3. 如是西方亦有現在无量壽如來。无量蘊如來。无量光如來。无量	3. 西方现在有无量寿佛、无量相佛、无量幢佛、大光佛、大明佛
4. 如是北方亦有現在无量光嚴通達觉慧如來。无量天鼓震大妙音如	4. 北方现在有无量光严通达觉慧佛、最胜音佛、难沮佛、日生佛、
5. 如是下方亦有現在示現一切妙法正，理常放火王勝德光明如來。	5. 下方世界现在有师子佛、名闻佛、名光佛、达摩佛、法幢佛、
6. 如是上方有現在梵音如來。宿王如來。香光如來。如紅蓮華勝德如來。	6. 上方现在有梵音佛、宿王佛、香上佛、香光佛、大焰肩佛、

通过以上的列举，可以看出会集本中本身就有矛盾之处。

第1项是“……有现在……”，而第2至6项却是“……现在有……”，第1至6项都是表述同类型的问题，却是前后不同的体例，夏莲居这样会集不能不让人费解啊！

另外，“现在”一词在汉语中表示是“此刻”的意思；“现在”一词在佛法中解释为“相对于尚未生起作用之未来与作用已来谢之过去而言，正行变碍，领纳等作用之此一刹那，即是现在”。《阿毗达摩集异门论》中说：“现在云何？答：诸行已起已等起，已生已等生，已转已现转，聚集出现。住未已谢，未已尽灭，未已离变，和合现前。现在性，现在类，现在世摄，是谓现在世。”（大正藏26册378下）如果“现在”放在句中的“有”前，它作状语修饰“有”；如果“现在”放在句中“有”后，就修饰后面的“……佛，……佛”或“……如来”。显然这两种情况是不一样的。

再从玄奘法师翻译的《受持七佛名号所生功德经》中看：

“如是我闻。一时薄伽梵。在室罗筏住誓多林给孤独园。……佛告舍利子于此东方有一佛土名日离垢众德壮严，彼土有佛……今现在彼，哀愍世间为诸大众说微妙法……复次，舍利子，于此东方复有佛名日妙觉众德庄严……今现在彼，哀愍世间为诸大众说微妙法……复次舍利子，于此东方复有佛土名自在力……今现在彼，哀愍世间为诸大众说微妙法……复次舍利子，于此东方复有佛土名最胜宝……今现在彼，哀愍世间为诸大众说微妙法……复次舍利子南方有一佛土名为寂静珠，彼土有佛……今现在彼，哀愍世间为诸大众说微妙法……复次舍利子，于此南方复有佛土名最上香，彼土有佛……今现在彼哀愍世间为诸大众说微妙法……”（《大正藏》第14册，107页）

这部经与玄奘本的《阿弥陀经》，在叙述佛土功德的方面，用的是同一译法。从中可看到“今现在彼”，“今”字在古代汉语中是“现在”义；“彼”是代词，代上面所述的“……佛”。又在佛教成立的当时，释迦牟尼佛被称为现在佛，和他同一体系（东、西、南、北、上、下等方位）的佛，称为现在某某佛，十分合适，玄奘法师的译法也恰当啊！夏莲居把“现在”放在“有”前，我们不能说完全错，但容易发生歧义，而玄奘法师的译法就很清楚。

由上所述，一个常识性的语法知识，夏莲居就搞得似是而非，不得不让我们对会集本产生很大的质疑。夏莲居如果是要炫耀点什么，就不免有点鲁莽了。

诚然，夏莲居之治学，无论词章、经史，还是先秦诸子、宋明理学，均有造诣。时人誉为“博古研今，拈佛儒不二之旨，标道艺一元之宗，俨然已为学术大家”。

然则，倘以夏莲居诗文，“文章两汉诗三唐，性理程朱到陆王。教下宗门忙不了，之乎者也误时光”，则离居士远矣。

有道是，**福田千顷生芳草，芙蓉不照红颠倒。东坡道，佛经万卷真才好。**佛经改不得啊！

8. 忆江南·“观”说

江南好，风景旧曾谙。日出江花红胜火，春来江水绿如蓝。怎不忆江南。

——白居易

谈到居士，则不能不想到大诗人白居易。香山居士暮年感浮屠道尤甚，其长短句譬如这首《江南好》，“日出江花红胜火，春来江水绿如蓝”，在在谙熟于佛教之“毗婆舍那”。

“毗婆舍那”又作“毗钵舍那”，通称“观”。泛指一切思维观察活动，特指在佛教“正智”指导下对特定对象或义理的观察思维活动。“止观”并用中的“观”，含有“智慧”的意思，故又称作“定慧”。依智“摄心入定”，又依“定”观察思维特定事物和义理，获得或巩固某种功能和智能。“观”的种类很多，按对治之“烦恼”、希望获得的功德以及成就“智慧”的不同，观法也千差万别。

且举几例于此。

白骨流光观

先需收摄心念，专注谛观右脚大指两节间，使两节相离，约三个指头并拢的距离（横量）。观想两个骨节之间，光光互相衔接，连成一体，成一个白光柱。如果白天修此观法时，把白光当做太阳光的光明去观想；同样如果夜晚修此观法时，把白光当做月亮光的光明去观想。保持右脚大指骨节间的这种状况，进一步扩展开来，观想全身骨节从脚到头，三百六十三的骨节间都使有约三个指头并拢的距离（横量），并且都光光互相衔接，连成一体，成为一个个白光柱。

观想成就时，在白光中自然涌现佛的丈六金身，金色的躯体，闪耀着光。全身光明，壮严殊胜，佛的三十二相、八十种好都明朗呈现出来。行者也能一一观到相好光明，好像佛在世时的形象。观到这里时，修者要谨慎，不要急于作礼，应当先安下心思维佛法。佛说："诸法无来无去，一切性相，皆亦空寂。诸佛如来，是解脱身。解脱身者，则是真如，真如法中，无见无得。"即用佛法的智慧观照。观想到此时，三世诸佛会自然涌现出来，因为真正见到了佛，行者会心意泰然，静淡快乐。

佛告诫阿难，你现在谛观是流光白骨，谨慎不要忘失！这时阿难听佛所说此观后，欢喜奉行。观到如上的境界时，就是白骨流光观。

四大观亦名九十八使境界观

白骨流光观观想成就后，更当收摄心念，谛观脊骨。在背脊间，用定心的功力，观想作成一具高台，行者观想自己的色身，好像结跏趺坐的白玉人坐在此高台之上，白骨光普照一切。这就是白光观想的方法；此观成就时，白光特别的明亮，坐在高台上，犹如神通人在须弥山顶上观察四方，无有任何障碍物。同时，观见自己原有的肉身也了了分明，观到诸骨人像珂雪一样白，一行一行排列开，肢体都完好无损，遍满三千大千世界。白光观想成就后，重观前面所曾经观想过的各种境界：见纵骨人、横骨人，遍满三千大千世界；青色的骨人、黑色的骨人，都行行相向，遍满三千大千世界；膨胀的、脓癞的、脓血涂身的、全身烂坏、尸虫遍体的不净相人，亦遍满三千大千世界；发毛爪齿共相的连持的白骨相人，以及三百六十三骨节各个解脱，只有尖端相拄的白骨相人；骨节之间脱离两头不接，节节中间隔三指并拢的距离（横量），充满白光的白骨相人，还有白骨分散，只有白光共相连接的白骨相人，遍满三千大千世界。这么多的白骨人，数不可数。观到此时，修者想念色身是由四大和合而成，色身从入胎、出胎、成长、死亡等都是极不干净的，这样就容易使我们对色身厌恶。此时的境界是由我们的心造作而成，而这一切都是因缘所生的，我们应谛观诸法的缘生缘灭。什么是诸法因缘呢？诸法因缘是由四大和合而显现出来的。四大是地、水、火、风，随后转入四大观。

风大观

先观四大从四方生起，一股一股的风力，犹如大蛇一样，各有四个头，两头向上，两头向下。蛇形的风大中，所有蛇形的耳孔中都发出风力。风大观想成就时，风大变为火大。火大也犹如大蛇一样，蛇形的口中吐出许多高峻的火山，极其怖畏。同时许多恶鬼夜叉，在火山中，动身吸火，毛孔出风。如此这样的再观风火变相中，遍满一室，渐渐广大，满一由旬、二由旬、三由旬，遍满整个阎浮提洲。此时，见诸多夜叉在火山中，吸火担山，毛孔出风，在阎浮提洲中，惊惶奔走，好像要逼近行者。见到此事时，心起极大惊怖。

观想到这里时，要换一种观想法门。应当舍去前面的风火观想境界，观想各个火端都有一个丈六金身的佛像。这种观想成就时，火威力减小，火中生出莲花。众多火山犹如黄金聚集的金山，内外光明映彻。那些夜叉恶鬼都变成了白玉人相。只有风大盘旋回转，吹拂莲花。有无数化佛，住在空中，放大光明，庄严稳重犹如金刚山。这时风轮寂静不动。

水大观

此时观想四毒蛇，口中吐水，水有五种颜色，遍满一床的面积，渐次扩及二床、三床及至遍满一室，渐至二室、三室及遍满十室。满十室时，便观见五色水。各色水中，都似水晶幢形的白光，重叠十四层，节节中空，白水涌出，停住空中。观想此境界时，修观的人观见身内心中有一毒龙。此龙绕心七圈，有六头二个头吐水，二个头吐火，二个头吐石，耳中出风。龙身诸毛孔各生九十九条毒蛇，这些蛇各有四个头，两头向上，两头向下。诸蛇吐水，从行者的足下流出，流入到白水中去。慢慢地一由旬全是水，扩大到二由旬、三由旬，及阎浮提洲。这时心内毒龙由行者的肝脏而出来，住立在头顶之上。这时水中，有一棵大树，枝叶四布，遍覆整个阎浮提洲。毒龙乃未离行者的身体，龙吐舌到树上，在龙舌上面有八百鬼，有的鬼头上戴着山，两手如蛇，两脚如狗的脚；有的鬼头好像是龙头，全身是毛孔，有千百只眼，眼中吐火，齿好像刀山在地上回旋盘转；有些鬼，有九十九个头，各有九十九只手，鬼头的形状像狗的头，也像狸的，像猫的，又像狐的，像鼠的，十分丑恶。这些鬼颈上各背着猕猴，并且这些鬼在水中游戏，在树上腾跃跳掷；有些夜叉恶鬼，头上起火，它们身上的猕猴用水灭火，不但不能扑灭，反而使火增大，这猛火在水中水晶幢边忽然炽盛，好像融化真金的样子烧着水晶幢。火焰相互交错，绕行者身体十匝后，燃烧着的水晶幢像真金盖子落在行者的头顶上。有些罗网覆盖在树上，那真金盖有三重。这时地下忽然有四大恶鬼，它们有百千只耳，耳中出水火，身上毛孔喷着微尘，口中吐着风，充满着娑婆世界。有八万四千个罗刹恶鬼，双牙都向上长出，高一由旬，身上毛孔起霹雳火。这些众多的恶鬼夜叉在水中游戏奔走。还有一些虎、狼、狮子、豺、豹、鸟兽等等，从火山出来，也在水中游戏。观想到此境界时，娑婆世界都是骨人，各自举着右手。这时，许多罗刹手拿着铁叉，叉着那些骨人，把它们积聚在世界上某个地方。这时又有九种死尸状态骨人，一行一行有秩序排列着来到行者所在的地方。这么多的境界，不能全部说完。

佛告诫阿难此想成就时，叫四大观。你要好好受持，慎勿忘失！阿难陀听佛说法后，欢喜奉行。这就是四大观，也叫九十八结使境界。

《金光明最胜王经》卷五，“地水火风共成身，随彼因缘招异果，同在一处相违害，如四毒蛇居一箧。”于此观颇为精当。又，《圆觉经》，“我今此身，四大和合……四大各离，今者妄身当在何处。”

这便是，**江南好，风景旧曾谙。日出江花红胜火，春来江水绿如蓝，怎不去做观。**

9. 渔歌子·漫谈菩提心

西塞山前白鹭飞，桃花流水鳜鱼肥。青箬笠，绿蓑衣，斜风细雨不须归。

——张志和

菩提，鸠摩罗什注为“无上智慧”，指对佛教“真理”的觉悟。我在整理般若部中的有关“菩提心”内容的过程中，共搜索到了与“菩提心”有关经文三百多处。随后，经过分类、总结，对“菩提心”有了更加深刻的认识。

发菩提心，功德殊胜，诸天礼拜，龙天护法。佛陀在经典中反复强调菩提心的殊胜圆满，以致无此心则无有佛、无法、无僧。发了无上菩提心，可以“救护一切众心，不舍一切众生，安乐一切众生”。正是这样的大弘誓愿，在行菩提心就要更加细微。

由于“菩提”一词涉及对佛教根本教义的理解，各派在运用上不尽相同。《维摩诘经》僧肇注，曰“道之极者，称曰菩提……盖是正觉无相之真智乎”。此处即以觉知“无相”之般若智慧为菩提。而《大乘起信论》则以“觉”为“法界一相”、“如来平等法身”，此即以先天具有的“佛性”为菩提。

然则，窃以为，无论何宗何派，发菩提心尚须谨记如下三者：

一者，无上菩提心，无等等心，不共声闻辟支佛心。有些菩提心虽然发意求佛道，却住在阿罗汉地，这类菩萨只能是相似道行。

二者，在实际修行中发殊胜菩提心，要有七法宝（即是布施、持戒、忍辱、精进、禅定及方便力）等守护。否则即使有信心、有净心、有深心、有解、有精进，但还是容易在中途衰耗堕入声闻辟支佛地。

三者，初发菩提心善根回向无上菩提。这样回向就不是真正回向，分别就是着相。

以上三条实为修行中的“三大忌”。不然，枉功徒劳，功败垂成。发无上菩提心，对色不着；受、想、行、识亦不着；四念处也不着；及至十八不共法也不着；一切智心无漏心不系心中也不着；离一切相而发无上菩提心具足观空而不证空，发信解心住菩萨法。

发菩提心确定殊胜，但学人却不能夹杂一丝染心。张志和的《渔歌子》，空灵、淡定，世间向佛之人，不妨于发菩提心时，间或吟咏之。要紧之处，全在“青箬笠，绿蓑衣，斜风细雨不须归”。

10. 相见欢·渐修和顿悟

楼前流水悠悠，驻行舟。满目寒云衰草，使人愁。多少恨，多少泪，漫迟留。何事蓦然拌舍，来去休。

——蔡伸

《五灯会元·卷一·释迦牟尼佛》载，佛陀在菩提树下夜睹明星开悟，又灵山会上拈花示众，众皆默然，唯迦叶破颜微笑。佛曰，“吾有正法眼藏，涅槃妙心，实相无相，微妙法门，不立文字，教外别传，付嘱摩柯迦叶。”

此典在佛，是为禅宗之以心传心；在凡夫俗子，以喻心心相印。

可见，心的默契是多么重要啊！

又，《优婆塞戒经》卷一载，“如恒河水，三兽俱渡，兔、马、香象。兔不至底，浮水而过；马或至底，或不至底；象则尽底。”

但是，心与心之间默契的前提，先须是彼此之间对事理认知之一致；须是各自情趣相似、求索相同、悟道精深。佛典于此同样有着妙语，这便是香象渡河。

佛陀拈花，迦叶微笑，辗转传心，由达摩祖师将禅法传入中国。立雪亭前慧可安心，一直到慧能闻五祖讲《金刚经》的“应无所住，而生其心”而顿悟，随后，花开五叶，五家七派，灯灯传递，精彩纷呈，都可以说是“相见欢”。

这么多祖师，这么多“悟”的例子，他们修行的方式形形色色。“悟”的因缘也千姿百态。渐修和顿悟，一直是后学者讨论的长久话题。但我们在实际的学修中，往往偏执一方，或说渐修，或说顿悟。这是因为不明确渐修与顿悟的关系，从而导致的偏差。本文就依《六祖坛经》以及《景德录》中一部分禅宗公案为主说明其中的关系，表达一下个人的感想。

先谈《六祖坛经》中顿、渐说之由来：

一、因“时祖师居曹溪宝村，神秀大师在荆南玉泉寺，于时两宗盛化，人皆称南能北秀，故有南、北二宗顿渐之分而学者莫知宗趣。师谓众曰：‘法本一宗，人有南北，法即一种，见有迟疾。何名顿渐？法无顿渐。人有利钝，故名顿渐。’”很显然，六祖说的顿、渐是指根器的利钝。

二、从慧能和神秀的两首偈中看：神秀作“身是菩提树，心如明镜台。时时勤拂拭，勿使惹尘埃”，五祖说“作此偈，未见本性，只到门外，未入门内”；慧能作“菩提本无树，明镜亦非台。本来无一物，何处惹尘埃”。慧能就把菩提树与明镜台一并空去，站在般若性空的角度上而言，顿、渐指的是悟性的快慢。

再说顿悟与渐修。

顿悟是悟的理体法性或佛性，渐修是修的事相功德。最早提出顿悟说的要算竺道生了。在《高僧传》卷中：“乃立善不受报，顿悟成佛。”此顿悟说与后来的禅宗的顿悟说不同。印顺导师在《中观今论》中说：“道生和禅宗的顿悟是不同的：道生以为证悟到的真理是无差别的，不悟则已，一悟即圆满究竟……而禅宗所说的顿悟是先求自悟本心——本来清净的佛性，一旦廓然大悟的即参学事毕，也有以为从应圆修万行。”道生的顿悟说本文不再深入地讨论，只是引述，略加比较罢了。

实际上，禅宗所说的顿悟，所悟的并不是究竟成佛的佛，而是众生本具足的佛性。因为客尘障碍而已，在顿悟本性之后，还要慢慢地修习，长养圣胎，以至圆满成佛。所以《坛经》中慧能在顿悟后，仍然还要回到岭南去，深入基层的社会中，与猎户结伴，遇缘讲法、弘化，从一点一滴的琐事做起，逐渐修持事相的功德。后来的禅宗祖师们常说的“见性是顿悟，证果却要渐修”，也就是这个道理。

次说渐修与顿悟。

上面一段说的是悟后修，但这个修，印顺导师认为是性修，即与般若——称性法慧应而修，由于此有般若的观照与悟前修相比，就一日千里了。现实生活中上根利器的人毕竟为少数，因此大部分人在证悟前还要有长时的渐修。由初发心，亲近善知识，听闻正法，修积功德，以等待时节因缘开悟。有些要在禅师言语点播而见性，如二祖慧可就曾请达摩祖师安心，《景德录》卷三中：“光曰：‘诸佛法印，可得闻乎？’师曰：‘诸佛法印，匪从人得？’光曰：‘我心未宁，乞师与安。’师曰：‘将心来，与汝安心境。’”二祖和达摩在简单的语言交流中传道印心；有些要在互相争机斗锋中豁然开朗，《景德录》卷五：“（怀让）乃直诣曹溪参六祖。祖问：‘什么处来？’曰：‘嵩山来。’祖曰：‘什么物恁么来？’曰：‘说似一物即不中。’祖曰：‘还可修证否？’曰：‘修证即不无，污染即一得。’祖曰：‘只此不污染，诸佛之所护念汝既如是，吾亦如是。西天般若多罗谶汝足下出一马驹，蹋杀天下人，并在汝心。不须速说。’师豁然契会，执侍左右一十五载。”；有些是禅师观机施教，如《景德录》卷五：“开元中有沙门，住传法院，常日坐禅。师知是法器，往曰：‘大德坐禅图什么？’一曰：‘图作佛。’师乃取一砖，于彼庵前石上磨。一曰：‘师作什么？’师曰：‘磨作镜。’一曰：‘磨砖岂得成镜耶？’‘坐禅岂得成佛耶？’一曰：‘如何即是？’师曰：‘如人驾车不行，打车即是？打车即是？’一无对。师又曰：‘汝学坐禅，为学坐佛？若学坐禅，禅非坐卧；若学坐佛，佛非定相。于无住法，不应取舍。汝若坐佛，即是杀佛；若执坐相，非达其理。’一闻示诲，如饮醍醐。”

这其中禅师的施教就较为善巧，用生活中琐碎的事例旁敲侧击，使学人重重的群疑、厚厚的执著一层一层地消除；有的就喝、打的方式来接引学人，如有名的“德山棒”和“临机喝”，这样独特的方式看似比较粗野，或许对待那样的学人因机用喝、打未尝不是一件好事，语言文字只是一种载体，毕竟有它的局限性；有些在禅师殷切地教导下还是屡屡碰壁，学人却在生活中的小事中猛然体悟…………

总之，悟道的因缘林林总总，但悟前的修，积聚资粮却谁也少不了。慧根者或许因夙世的因缘，今世少走点弯路；中下根者，要短则几年，长则数十年地广参博学，都要在遇到一定的时节因缘而顿悟本心。禅师们种种悟道的因缘又何尝不是他们修证的里程碑呢？他们中有看经开悟的；有劳作时开悟的；有被打开悟的；有在言语中开悟的；有在嘻笑漫骂中开悟的；有在喝茶、吃饼中开悟的等等。可以说生活中每一个角落都有悟道的例子，也就是说行、走、坐、卧、吃、喝、拉、撒，我们生活中最平常的事都有道的存在。处处都是我们修行的所在，何处不是道场，何时不是在修行呢？同样的单位时间内，有些同修时而精进，时而放逸；有些同修的心一直安住在当下时时都在精进，或许有根机的差别，但长此以往，“乌龟”同样可超过“兔子”。古往今来的禅师给我们树立了榜样，他们为了开悟，几年如一日或几十年如一日，兢兢业业地修行，跋山涉水，行如风、坐如钟、站如松、卧如弓。而我们现在物质条件优越，资迅发达了，同时我们的引诱也多了，许多东西时刻在挑逗着我们的六根，障碍也越来越多。根机虽有差异，但现代大部分人的聪明充其量不过是世智变聪罢了。事相的功德还要慢慢修持啊！

如是，无妨总结如下。

本文对渐修和顿悟的指导思想是：从渐修到顿悟，再从顿悟到圆修。文中先说了顿悟和悟后修，是为了更好地陈述悟和修的内容，明确各自的内涵外延。实际上顿悟和渐修，本来是“言语道断，心行处灭”的，文中只不过权巧说明而已。

成佛之路，难以用言语形容。顿悟和渐修只不过是以手指月，给修行者立一个虚拟的标志，它们二者可横跨整个成佛的过程，又可包含在一念之中。顿与渐也只是人为的假设，悟和修又怎能分得明白呢？总之，顿悟和渐修只不过是督促修行的权巧方便罢了。提起正念，安心当下，正知正觉！

最后，摘引《晁氏读书志》有关《景德传灯录》之部分以为结语。

“其书披奕世祖图，采诸方语录，由七佛以至法眼之嗣，凡五十二世，一千七百一人……为禅学之源。夫禅学自达摩入中原，凡五传至慧能……学徒遍于海内，迄今数百年，临济、云门、洞下，日愈益盛。尝考其世，皆出于唐末五代兵戈极乱之际，意者乱世聪明贤豪之士，无所施其能，故愤世疾邪，长往不返。而其名言至行，犹联珠垒壁，虽山渊之高深，终不能掩覆其光彩，故人得而着之竹帛，罔有遗轶焉。”

陈垣先生之评价亦深中肯綮，“晁氏之意，谓政治混乱之时，有气节之人，做事固不易，说话亦不易，只可出家做和尚去，此禅宗所以盛于五代也。一部《景德传灯录》，不啻一部唐末高逸传。”这也就是蔡伸所言，**“楼前流水悠悠，驻行舟。满目寒云衰草，使人愁。多少恨，多少泪，漫迟留。何事蓦然拌舍，来去休。”**

11. 字字双·由“心”所想到的

床头锦衾斑复斑，架上朱衣殷复殷。空庭明月闲复闲，夜长路远山复山。

——王丽贞

此篇谈“心”。盖因读王丽贞词《字字双》有感。“斑复斑、殷复殷、闲复闲、山复山，其实都是一种心境。”

人人都有一颗心，我们在忙碌的社会生活中不停地奔波，为了各自的理想，却对自身的这颗心漠不关心、缺少爱护。或许我们对外在世界观察得越来越仔细，分析得越来越透彻，却难以准确地了解自已的心。

关于“心”，比较儒释二家各自的诠释，确确是一件很有意味、也很值得探讨的题目，但那是需要下大工夫做的文章。这里只就概念本身先行做一简单的比较。

儒家亚圣孟子，可以说是最先注意到心的作用的。他认为“心”有先验的道德本性。所谓“恻隐之心，仁也；羞恶之心，义也；恭敬之心，礼也；是非之心，智也”，又说，“仁，人心也。”当然，孟子还认为“心”是思维器官，“心之官则思。”

佛教则以心为一切精神现象的总称，泛指一切精神现象。如“三界唯心”、“一心三观”。与“识”、“意”概念相同。

至于佛家所谓“发心”，谓发愿求无上菩提之心。直言之，就是发起要求解脱苦难、往生净土或成佛的愿望。

显然，这与儒家所谓“仁”有切近之处，强调完美的伦理道德乃是人生追求的最高道德境界。

恰逢殊胜的因缘，济群法师在戒幢佛学研究所开讲《认识菩提心》专题讲座，运用法相唯识的五位百法，细腻描述了心的种种状态和特征，从一般人们发心起，到学佛人的发心，以及存在的误区，最终开示正确的发心——出离心到圆满的菩提心。法师又以自身渊博的学识，出入诸家，博采众长，提出适合当今佛教修持的“菩提心”圆满教授。

每个人心中都有自己的希望，为了这个“希望”，我们在不断地追逐。因为它，我们常常与喜、怒、哀 、乐为伴。社会中森罗万象的现象，是我们“希望”的展现。当这些现象随着时间的冲蚀，“希望”也变得那么“虚妄”，这就是我们凡夫之人的心。当悉达多太子在菩提树下夜睹明星，突破无明悟道后，用他的智慧与慈悲在度化众生，就展现给我们一颗觉悟的心。六根！六尘！六识！凡夫与圣者面对同样的世界，却产生了两种截然不同的“心”，因为凡夫的我执、思量、相待而起的变化。这也就是凡夫与圣者的不同之处啊！悉达多是凡夫，而释迦牟尼佛就是圣者，是同一个人不同的境界。因为释迦牟尼佛悟到宇宙人生的真理，他却直觉、突破无明，不落对待中，同样地缘生缘灭，凡夫与圣人就这样的不同，也就这样的相同！

凡夫元始以来的我执、贪、嗔、痴等张扬着各种想法和行为，当这些想法和行为付诸实践时又进一步增加了心中的力量，因此凡夫中的染污心就越来越坚固。修学佛法的人却要“逆流”而行，运用智慧观照世间的无常、万事的虚伪；以正知见，趣向于无上菩提。凡夫种种造作，目的都是为了满足“私我”的欲望，学佛者却用慈悲去利益一切众生；凡夫在虚妄的追求之中继续沉沦和流转，而学佛者却用佛法的智慧在不断提升和净化！

作为一个正信的学佛人，就应该克服凡夫的习气与串习，不要在佛教的生活环境、佛教义理、佛教的艺术等上起贪着。这些只是用来接引众生的方便，而非最终的目的，不要以方便为目的，仍然沉溺某种情绪之中。否则，我们还会为凡夫的习气牵引回来。有一个与修行有关的形象比喻是：我们自认为正在攀登上光明的顶峰梯子，但当我们登上去后，却发现梯子放错了地方。因此正信的学佛者，为求无上菩提，不能夹杂丝毫的凡夫心，以无缘大慈、同体大悲去利益一切众生，发起无上菩提心。

法师引经据典说了三种发心：一种是当国王去利益众生，即国王式的发心；一种是做船夫，与众生同舟共济，叫船夫式的发心；另一种，完全为了利益众生，叫牧羊式的发心。因此，同样是发心，程度不同。济群法师总结古往今来先贤大德的观点，提出了正确的发心——出离心和菩提心。出离心，厌离世间或生死而产生强烈的出离心，依靠佛法的解脱道去修行，出生死之横流。菩提心，为了追求无上的佛果，更好地利益广大众生，以菩萨的大弘愿去普济众生，同时也在利他中成就自己。菩提心的功德是不可思议的，初发心菩萨与诸佛在理体上无一无别！但在事相上，还要在利他中成就自己，而无我、无相、无得，同时观照一切众生，“亦如莲华不着水，亦如日月不住空”。以佛菩萨为我们修学的典范，发起圆满的菩提心，深入到芸芸众生中去。

“舍弃凡夫心，发起菩提心。”这是济群法师最殷重的教诲，也是我此次听完报告后最坚定的信念，并把此句话作为我日后修学的准则！**床头棉絮斑复斑，架上袈裟殷复殷。空庭明月闲复闲，发心路远山复山。**

12. 花非花·《中观今论》引发的思考

花非花，雾非雾。夜半来，天明去。来如春梦不多时，去似朝云无觅处。

——白居易

一向以来，我都喜好读词，入佛门后，更信奉“词中悟禅”或“禅中有词”。

譬如，印顺导师的《中观今论》，我便是常常和着香山居士的《花非花》一起读的，“花非花，雾非雾。夜半来，天明去。来如春梦不多时，去似朝云无觅处”，真正应和了“不生亦不灭，不常亦不断，不一亦不异，不来亦不去”之佛理。枨触甚深。

作为宇宙万法的八不中道，皆由因缘聚散而有生灭等现象发生，实则无生无灭。如谓有生或有灭，则偏颇一边；离此两边，说不生不灭，则为“中道”之理。吉藏《中观论疏》卷一，“观此正因缘，不生不灭，乃至不来不去，故此姻缘，即是中道。”又有，“八不即是三世诸佛方等要经”，“八不即是中道”。在在此言！

的确，“中观见”像一把破魔驱邪、去伪显真的绝世宝剑一样，它秉承着佛陀时代佛法的真义；它有对佛教内部偏见的纠正，又有对外道邪见的驳斥和外道正见的肯定；它有对器世间整体的把握，客观的分析，又有对诸法实相细微地观察；它有对中道理义缜密的阐述，又有对中道实践客观的分析……等等。而印顺导师就是“宝剑”的挖掘者！

如此评价，盖由于《中观今论》不是古三论师的翻版，也不是另辟蹊径，而是沿着佛陀的法脉，批判地继承。正如印老在《中观今论》序中说：“今论并不代表空；宗的某一派，是以龙树《中论》为本，《智论》为助，出入诸家而自成一完整体系。”从这句话中我们可以看出印老写此书的思想构架，印老那种为了中观正义而不盲从古人，用中观正义去取舍、去分辨的治学精神！

印顺导师首先以龙树《回诤论》中一句偈开端，以揭示“空、缘、中道为一义”。围绕着龙树的《中论》，分别将空、缘、中道进行详细地分析，透过各自的内涵，沟通三者彼此之间的联系。最终标揭出八不——“不生亦不灭，不常亦不断，不一亦不异，不来亦不去”。并总结出中观的贴切含义。中观能抉择释尊的中道，以智为本的中道行，包括了最初发心乃至向上达到究竟圆满的一切过程，正见缘起的中道为释迦本教的宗要。因此中道具有深刻的意义，龙树的中道论不著名相与对待，综贯性相乃空有。

龙树被称为“八宗共祖”，在印度、中国佛教史上占有重要的地位。他著书颇丰，而探求缘起、空、中道的深义，主要在《中论》当中。印顺导师针对《中论》中的引证、归敬颂等内容，认为《中论》为阿含经的通论，这样一来就把《中论》提高到了一新的高度。《中论》中的缘起中道是《阿含》缘起深义的延伸！缘起是处中之说，依此而明生来，也依此而明不生灭；缘起为本的佛法是综贯生灭和不生灭的。印老从部派佛教着手，将部派间因缘起所产生的不同见地，与大乘缘起说进行比较、分析，列出共处和分歧。并分别指出声闻和大乘产生分歧的立场以及各自的合理性，运用三法印的横竖无碍，此三门差别或别别或次第说，使他们契入于正觉，最终用缘起法的不生不灭所贯穿。

中道的方法论。悟入缘起中道的方法论，即中观与中论，是体悟中道实相必不可少的方法——真理的方法论；用世间的术语学即是论理学，印度论理学称为“正理”，往后发展，佛教学者将此发展为著名的因明，用破斥外道的立义，进而体悟中道——中观的。佛教在世间必然要与社会产生活动，用“共须极成”的因明学为佛教所用。印老从古到今，从印度到中国举例说明，列出因明“不了义”的特征，并用西方三段式加以比较，汇归到依于即空的缘起法——此究竟之处：用现量、比量、至教量去观察离言的实相，契入诸法的如实相。印老用简洁的文字，常见的生活事例，理解此套方法，即说明了三者有着连贯性、必然性、关系性。中观的根本论题，“缘起自性空实为中观的根本论题、根本观法、根本法则”。印老就此将缘起、自性、空分别解释，并将种种学派的异说汇总、归类，引经据典加以说明，理清彼此的联系与对立关系。最后重新合起来说，缘起自性空显示中观的特定内涵。

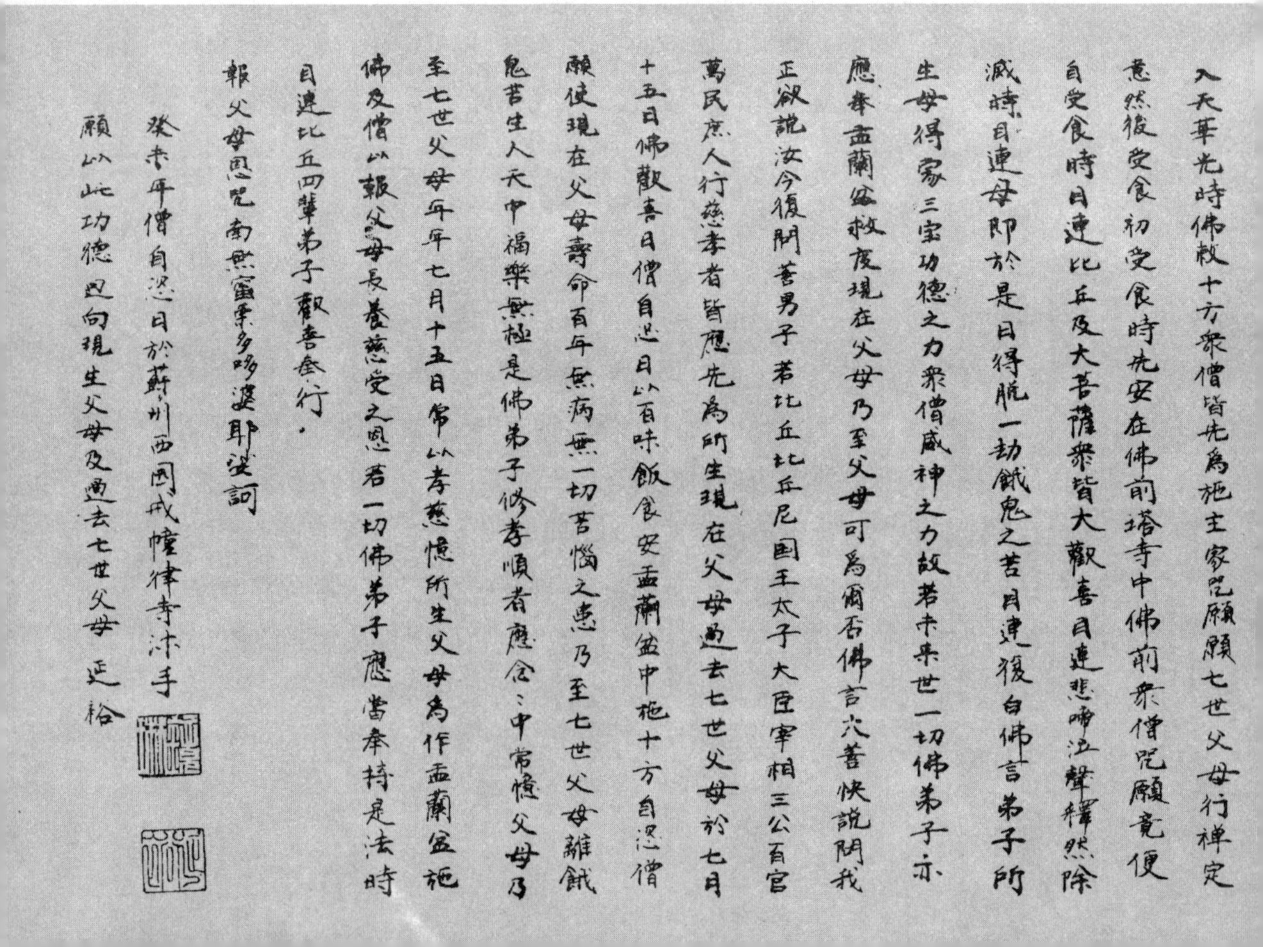

龙树的根本中论，开首以八不——不生不灭、不常不断、不一不异、不来不去的缘起开示中道，此所不的八事又是两两相对的，即分做四对：生灭、常断、一异、来去。印老就生灭归成三种，并且各个分析；就“有与无”用现代术语进行转换，但最终还落实到佛经中义理之中；就“断与常”、“一与异”而言，有对名相原始意义的追溯，又有部派论师的各个举例，并列出事物所表现意义，巧妙地将此四对联系起来，罗列出内在的联系和实质。此遮诠的表述方法，给我们构画出世间事物的虚妄不实，只不过是戏论罢了！中观者对“有”的独特的看法，他们突破对常人对“有”的计执，彻底体证一切法的实在即无自性而缘有，缘有而无自性的中道。时间作为一个很普通的概念，在中观的见地来看，宏观世界是不能离开存在——法而有的。空间也如时间一样，也要依存在而体现，“色不异空，空不异色”。印老更深入到印度佛教中，

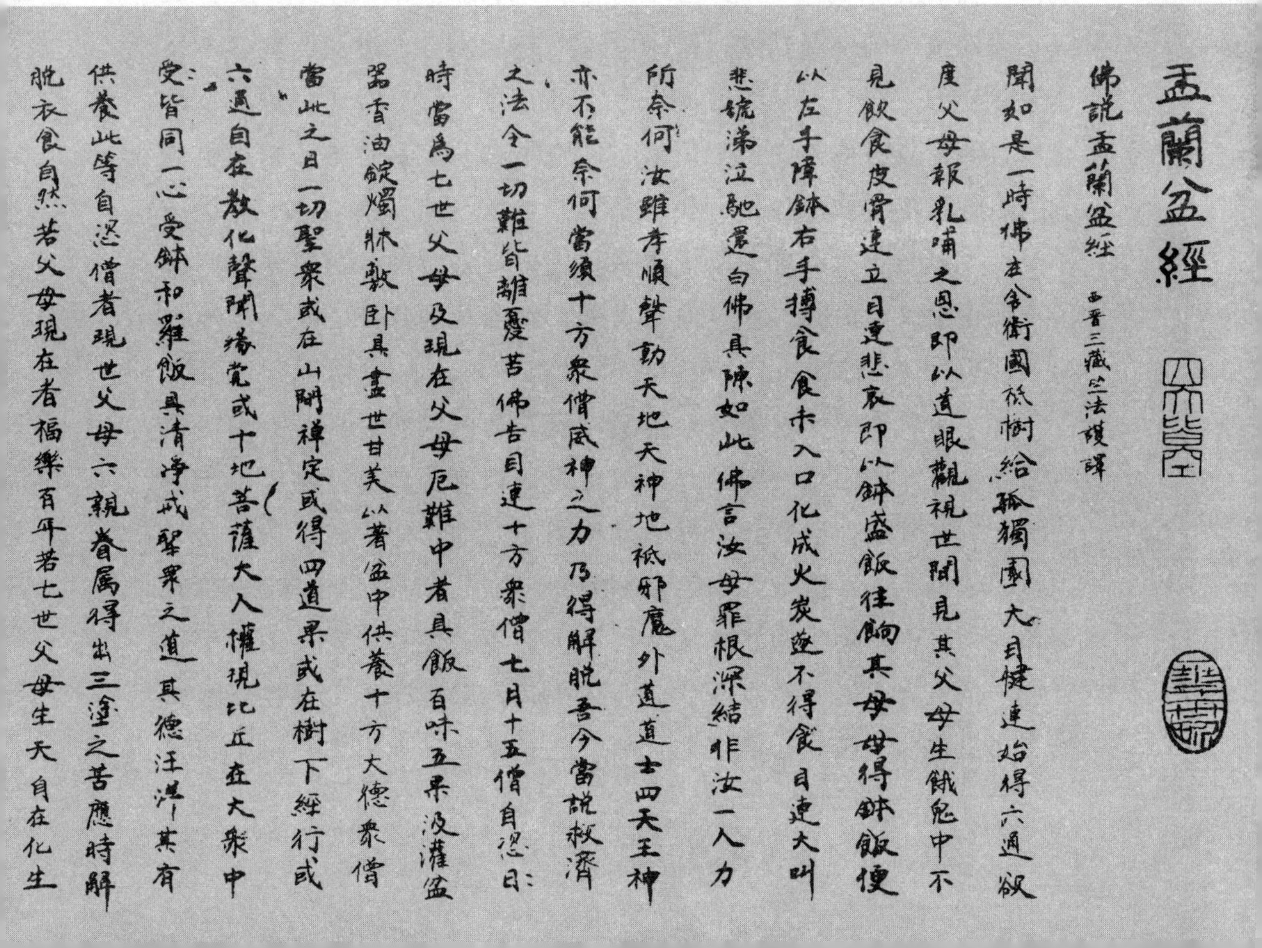
盂蘭盆經
佛說盂蘭盆經 西晉三藏竺法護譯
聞如是一時佛在舍衛國祇樹給孤獨園大目揵連始得六通欲
度父母報乳哺之恩即以道眼觀視世間見其父母生餓鬼中不
見飲食皮骨連立目連悲哀即以鉢盛飯往餉其母母得鉢飯便
以左手障鉢右手摶食食未入口化成火炭遂不得食目連大叫
悲號涕泣馳還白佛具陳如此佛言汝母罪根深結非汝一人力
所奈何汝雖孝順聲動天地天神地祇邪魔外道道士四天王神
亦不能奈何當須十方衆僧威神之力乃得解脫吾今當說救濟
之法令一切難皆離憂苦佛告目連十方衆僧七月十五僧自恣日
時當爲七世父母及現在父母厄難中者具飯百味五果汲灌盆
器香油錠燭床敷臥具盡世甘美以著盆中供養十方大德衆僧
當此之日一切聖衆或在山間禪定或得四道果或在樹下經行或
六通自在教化聲聞緣覺或十地菩薩大人權現比丘在大衆中
受皆同一心受鉢和羅飯具清淨戒聖衆之道其德汪洋其有
供養此等自恣僧者現世父母六親眷屬得出三塗之苦應時解
脫衣食自然若父母現在者福樂百年若七世父母生天自在化生

用原始的经论引经据典，广泛而又深刻地展开；“行”是诸法的流行，运动或变动的。可从粗显的“来去”，即是从世俗谛的来去加以观察，也可以生灭去来的缘起法显示诸行的不住。总之，此处的有、时、空、行四者都有此缘起法的共同性，体见毕竟空寂，了达缘起如幻。因此应对诸法相作透彻的观察，一一法都有九种相或十相（性、相、体、作、力、因、缘、果、报等等，各种经典说法不一），此九相或十相是法法所共有的，是诸法共通的法则。就性相而言，印老引用《智论》对者分别定义、分类，站在不同角度说明性相的内涵，又引用《中论》等经典剖析其中深义。

“缘起是侧重于观象的，性空是侧重于实相的，从缘起明性空，依性空明缘起，如不能适中，恰到好处，即有太过与不及的误解。”印老以此观点展开广泛的考察：先是对汉传的般若三家，分别引述观点，指出各家的恰到之处，又指出各自对“空”的不及或者太过；以对藏传的中观三家，依《中论》归纳出“太过派”和“不及派”各自的主张，先破而后提出各宗的正见；最后对印度传的大乘三家，印老自己称为虚妄唯识系、性空唯名系、真常唯心系，也分别列出各自的主张，各个分析三系对“空”、“有”的观点，评优论不足。太过与不及侧重于以缘起明空，中观者对现象与本性以不即不离明中道义，由此引入声闻与大乘长期争执的焦点。并善巧地指出声闻重在差别的异，大乘重在本性的一，只是“同源异流”罢了！肯定天台宗关于现象与本性的即离善巧的判教，针对唯识贤首对“即与离”所出现的问题，中观者应该留意些什么。佛法中所说的缘起、本性与一般宗教及哲学是不同的。惟有依中观正认确立与本性的中道观，才能契入中道。“诸佛依二谛，为众生说法”，二谛为佛法中极根本的论题，胜义谛与世俗谛是方便相对安立的，学佛者应于俗有真空而不执有空依此而入中道，即俗而真，重在超越远离一切见执的。至此，中观之“剑”已经完整呈现出来，运用到实践中去观待顿渐与偏圆，缘起的相有与性空。印老以独特的见解融贯空有，指出空有的中道正义。

印老的《中观今论》以阐述中观正义为主线，从中观的内容、意义、原典、中道的方法论、根本论题、中观的诸法实相以及中道之实践等等分别展开。从整体来看，环环相扣，使难懂的中观思想十分有逻辑地呈现出来。印老上溯到原始佛教去探究佛陀的本怀，又延续至汉传佛教、藏传佛教寻索中观思想的脉络，并把其中各系符合中道的见地加以肯定，弊端予以指出。印老在此书中既有学术的考辨，又有历史的回顾；既有义理详尽的分析，又有生活的事例、实践的证明。印老对难以理解的佛法名词，用佛法的经典去阐释，有时用当时流行的西洋哲学名词说明，最后还回归到佛法的义理。印老对佛法中的一个问题进行研究时，如空、有、缘起等等，把印度的、藏传的、汉传的都罗列出来，详加分析，最后用中道正义去衡量。印老还对佛教史上的一些思想进行归类比较。印老对待印度、中国等各个祖师，既肯定他们的佛教思想符合中道部分的，又毫不避讳地指出他们的欠妥部分，既不盲目地崇拜，又不会全盘否定，而是用中道正义去鉴别。两宗对空性几千年的争执，印老讲事实、摆道理，说清其中的来龙去脉，站在中观学者的立场上，提出独特的见解。

印老的《中观今论》避免了学术的苦涩，但却又能表述学术所要表达的内容，其中又穿插有历史的回顾，和对义理的透彻的深入分析。用一把中道之剑，对以往的中观思想进行汇集、判定。印老这种对佛法的思维方式和治学的经验，值得我们深深地思考，从而对自身的学修产生积极的推动作用。

“生非生，灭非灭。这边来，那边去。来如因缘不多时，去似聚散无觅处。”

三学篇——佛学一般

13. 啰唝曲·《佛法概论》摭谈

昨夜黑风寒，牵船浦瑞安。潮来打缆断，摇橹始知难。

——刘采春

20世纪初，佛教界一些高僧大德、有识之士，如太虚法师、杨仁山居士等提出一系列为适应社会发展而进行改革的主张，并付诸实践。

早在1863年，杨文山居士便创立金陵刻经处。并于1907年在刻经处设“祇洹精舍”，自编课本，招生教习佛殿和梵文、英文，堪为中国近代佛教教育之滥觞。

旋即，太虚法师于1912年在敬安法师追悼会上率先提出“教理、教制、教产”三大革命，并撰文鼓吹“佛教复兴运动”，堪为这一改革运动之先声。1918年太虚法师又与陈白元、章太炎、王一亭等在上海创设觉社，主编并出版《觉社丛书》，1922年在武昌始创中国现代意义的佛学院，给这一改革运动以实质性的推动，大有筚路蓝缕之功。

但是，对光大当代中国佛教影响最大、成果最丰且最有深远意义者，当推将佛教教育从传统教育改为院校教育，把经教教育扩充到历史、外语、哲学等世间学问中。公允地说，这是中国现代佛教的初创阶段，这一教育模式在佛教界产生了巨大的影响。

佛教教育直接关系到佛教的兴衰存亡。如何培养佛教人才？如何在当今的形势下弘扬佛法？依然是近年来佛教界关心的话题。

佛教教育的核心是僧伽教育，而僧伽教育至关重要者，则是所授的知识，亦即课程的设置。

戒幢佛学研究所副所长净因法师曾将国内佛学院课程的设置，划分为三个时期，即解放前、解放后至“文革”前、“文革”后至今。这三个时期，佛学院课程没有什么大的改变。其中，文史占30%，佛学占70%。而佛学基本上又仅仅局限于概论方面——原经原论，且是泛泛而学。两年预科或者是四年本科的课程，各宗各派的主要经论——代表性的经典，尽管都有讲授，但由于课程设置不够系统，纲目不清，导致教学驳杂和空泛。譬如，印度佛教分为原始佛教、部派佛教、初期大乘等等几个时期。由于种种原因，佛教教学过程中，对原始佛教重视不够，由此而产生许多误解。然而，这恰恰就是佛法的根本。所谓本不固者末必几，势必潮来打缆断，摇橹始知难。显然，这是不利于佛法的传承的。

有鉴于此，近代佛学泰斗印顺导师，以“八宗共祖”之龙树、及其《阿含经》的基础之上的中观思想为根底，根据《阿含经》，撰写了《佛法概论》一书。

窃以为，《佛法概论》一书，既刻画了一个人间佛陀的形象，给我们的修行树立信心；又让我们重视原始佛教“思其源，度其变”，得以理清佛法源流，进而正确把握佛法真实的意趣。

一、《佛法概论》的思想体系

信。“信为道源功德母，长养一切诸善根。”《佛法概论》，同样以信入手，信仰其法、了解其法占了13章，以法为契入点，延伸到法的创觉者——佛，及法的奉行者——僧。三宝的综合融贯，就成了一完整、健全的佛教。佛教是人间的，能诠的身教、语教，所诠的法，毗奈耶，是世尊的三业大用。同时，也是实际存在于个人、僧伽、社会的。佛法是以有情为中心、根本的，从有情的身心存在着眼，去观察宇宙与社会、物质与精神。从蕴观、处观、界观即从心理、生理、物理三方面，对有情的身心详加分析。由四食的资益，而使有情延续与新生。有情在这和合、相续的生死流中，无法解脱苦迫，正是因为无明所盖，爱结所系，有情的活动不已，从情爱为本的思造作的一切活动即是行业，被看做是有情流转生死的动力。可见，心的重要性。印顺导师就用心、意、识相互联系中剖析有情的心理根源及有情的存在去观待外在的境界。因此，它既不是唯心论，也不是唯物论，而是离此两边说明中道，这样就以有情为中心，树于对有情身心和外在世界的认识。进一步，观察这些现象而探求它们的因，了解现象之所以生、所以灭的条件，才能合理地解决它们。同样，佛法的一切深义、大行都是由于观察因缘而有的，但因缘有杂染的、清净的，其中杂染的因缘同，即是缘起法——佛法中十分重要的理论。佛陀也先观察宇宙与人生的事实，再作理征性的思辨与直观的体悟，最后通达此缘起法。又从有情自身说，无我，空寂的。佛说三法印——诸行无常、诸法无我、涅槃寂静。此三法印是于同一缘起法中体悟有此三性，三者是相关而贯通的。流转的因果相生即是无常，因缘离散所以一切法归于灭。依三法印而渐入涅槃，然后得无我智的。真正能体证涅槃的，从无我智证空寂上，必然到三法印不外乎同一法的内容。由此，可知三法印即同一空性的义相，这样才能明了真空，说一切皆空是究竟了义。

行。佛法是为了解自已，净化世间更是理智的、德行的。佛陀开示的人生正道，是为了智行综贯的佛教，从生活的经验中得以实现。依中道行去实践，依德行去体见真理，而此中道的德行，出发于善心而表现为合理的、有益自他的行为；又以合理的善行、净化内心，使内趋向于完善——无漏。佛法的德行是以自他为本而内净自心，外净器界即人天的德行、声闻的德行进展到深刻的净化自心；菩萨的德行，更扩展到国土的严净。

证。正觉——三菩提与解脱，是佛与声闻弟子所共同的，声闻重解脱，佛陀重于正觉。佛陀的正，是无贪、无嗔、无痴的完满开展；而声离弟子的正觉，是偏于无贪、无痴的，也就是说佛与声闻的正觉有程度上的差别。佛陀的正觉是以智慧为中心的，从身心净化，自他和乐的生活中得到究竟自在。但从智慧的无痴说，无漏慧的证法性空，与声闻无有差别。佛陀的正觉，不但契合缘起的空性，更能透达缘起的幻有。

二、《佛法概论》的特点

《佛法概论》的思想源自《阿含经》，也即反映了原始佛教的佛陀精神，使我们看到了现实人生中的佛陀。但是，佛陀的时代适应性，不能完全表达释尊的本怀。《佛法概论》对引导我们追溯佛法的本源大有裨益。

首先，此书站在佛教的角度，树立了佛法的心理观，用心、意识相互联系而呈现心理作用，又把学修佛法列入到德行的范畴中去。

印顺导师认为，佛法是依法见法的德行，依真理而发起德行，依德行去体见真理，最终达到理与智、智与行的圆满。就此，按佛教徒的不同类型分别设立在家众的德行、出家众的德行、菩萨众的德行。

其次，《佛法概论》介绍三宝时，把法放在首位，次为法的创觉者——佛，次后为法的奉行者——僧。把法不同的内容，有条理地归纳起来，分为三类（文义法、意境法、依归法）加以分析介绍，以突出法和重要性。另外，此书把“向上、向正觉的所必经的常道称为中道、正道”。中道等同于正道。“随顺于法而现实于法的中道行即八正道。”

综上所述，《佛法概论》有一个完整的学习、修行次等，突出了《阿含经》的精神，弥补了现阶段佛教院校在原始佛教上的不足；又为弘扬人间佛教提供了有力的依据和方便，实为院校必修的基础课程！

如是，**佛法存心间，修行少室山。登峰脚不颤，面壁不觉寒。**

14. 天净沙·格义对佛教中国化的影响兼及佛经之翻译

吟诗人老天涯，闭门春在谁家。破帽深衣瘦马。晚来堪画，小桥风雪梅花。

——张小山

格义是魏晋时期解释佛经的一种方法。当佛经传入中国不久，一些佛教学者为了易于传播佛法，往往用中国哲学（主要为老庄哲学）中固有的概念和词汇进行比附和解释，认为可以量度经文，正明义理。吕澄先生称格义是“最早一种融合印度佛教和中国思想的方法”。①

一、格义方法的起源和产生

汉代，由于黄老之学和神仙方技已受到皇室的崇奉，佛教初传入东土，适逢其会。一方面它的教理被认为是“清虚无为”的，可和黄老之学并论；另一方面，“佛”被认为是一种大神，与神仙方术之士所宣传的道术差不多。②

---

① 汤用彤：《汤用彤全集》卷五，河北人民出版社，2000 年第 1 版，231 页。

② 中国佛教协会编：《中国佛教》第一辑“后汉佛教”，东方出版中心，1980 年，8 页。

汉楚王刘英“好黄老之微言，尚浮屠之仁祠，戒斋三月，与神为誓”。[①]

佛教在汉代时被当时一些人认为是很神秘的事物，佛更是神通变化、无所不能的。《牟子理惑论》中：“佛之言，觉也。恍惚变化，分身散体，或存或亡，能小能大，……蹈火不烧，履刃不伤，在污不染，在祸无殃，欲行则飞，坐则光。故号为佛也。”[②]

可见，当时的一些人接受佛教，多半是停留在神灵崇拜中。众所周知，秦汉是古代中国思想发达的时期，思想潮流不断涌现。佛法也只好依附于中国本土的“方术”而存在，就连汉代安清等名僧在译经时，也要用“方术”作为外装，有如下为例：

“爱欲已断是为从断知，从断知为何等，爱欲已断是为众断知。阴貌为何等，积为阴貌，足为阴貌。譬如物种名物种，木种名为木种，火种名为火种，水种名为水种 ，一切五阴亦如是。”[③]

又“何等为入。解从是致名为入，从入解。譬从金入名为金地，从银入名为银地。”[④]

由此来看，安清译经时为了便于理解佛法中的名相，用当时人们熟知的“五行”等等诸如此类的概念作比附，来理解佛经。这与当时本土的意识形态有关，安清等译经时也不得不适应当时中国的实际情况。其实，格义在汉末魏初已经开始不自觉地使用了，只是没有冠以名称而已。按汤用彤的说法，这是汉代的思想模式，当时的学者是非常喜欢将概念与概念相匹配的，例如，儒家学派的如董仲舒和道家学派的思想家如刘安等，都任意地借用古代哲学阴阳家的思想。

另一方面，因为佛法植根于印度思想，其中的一些思想与当时中国的本土思想产生了冲击和碰撞，这可从《牟子理惑论》中看：牟子“锐

① 《后汉书》卷四十二，中华书局，1959 年第 1 版，964 页。

② 《弘明集·卷一·牟子理惑论》，巴蜀书社，2005 年，14 页。

③ 河北佛协：《大正藏》第 15 册，《阴持入经》卷上，173 页中。

④ 同上书，173 页下。

志于佛道，并研老子五千文，世俗之徒多非之者，以为背五经而向异道，欲争则非道，欲默而不能，遂以笔墨之间，略引圣贤之言证解之。”①

又问曰：“何以正言佛，佛为谓乎？”牟子曰：“佛者谥号也，犹名三皇神、五帝圣也。”②

又二问曰：“孔子以五经道教，可拱而涌履而行。今子说道，虚无恍惚，不见其意，不指其事，何与圣人言异乎？”牟子曰：“不可以所习为重，所希为经历……老子曰：‘有物混成，先天地生，可以天下母……’”③

再问曰：“子云：‘佛经如江海，其文如锦，何不以佛经答吾问，而复引诗书，合乎为同乎？……”④

再二问曰：“道家云：‘尧舜周孔七十二弟子，皆不死而仙。’佛家云：‘人皆当死，莫能何哉？”牟子曰：“此妖妄之言，非圣人所语也。老子曰：‘天地尚不能长久，而况人乎？孔子曰：‘贤者避也，仁孝常在，五贤六艺观传记，尧有殂落花……”⑤

以上可以看到，从印度来的梵僧像安清等到中国翻经、弘法，在当时却不能直接宣扬佛法的思想，而是要借助于当时人们本土的思想和语言加以传播。而作为当时中国的一些人（如牟子等类）信奉佛教，由于他们所受的思想教育，他们理解佛法，也自然带有浓厚的本土色彩。

汉末到晋代中，佛学有两大系统：一为“禅学”，一为“般若”。

禅学系统根据印度的佛教的“禅法”之理论，附会于中国阴阳五行以及道家的“养生”之说。而般若则用印度佛学之“法身说”。最初两者都很流行，且互有关涉。但是到了晋代，因为种种的原因，般若在学

---

① 《弘明集·卷一·牟子理惑论》，11页。
② 同上书，14页。
③ 同上书，15页。
④ 同上书，40页。
⑤ 同上书，50页。

术界占较大的势力。[①] 般若经的传来，先是支谶所译的《小品》，支谶之后有支亮，亮之弟子支谦重译《小品》即《摩诃般若波罗蜜多经》。朱士行得梵本九十章，后译出《放光般若经》，西晋竺法护译《光赞般若》等等。[②] 般若系经典的翻译中，汉晋最多。般若学对于“性空”讲得比较空泛，其中不免有很多“事数”。《世说新语·文学篇》注说：“事数谓若五阴、十二入、四谛、十二因缘、五根、五力、七觉。”[③] 这些全新的观念和名词，不仅给当时人们带来麻烦，而且还是难以让人理解的。为了阐释“事数”，晋朝的竺法雅和康法朗创立了“格义”，“以经中事数，拟配外书，为生解之例，谓之格义”，[④] 并且“辩格义以训门徒”。[⑤] 竺法雅和康法朗把佛学名相，同中国固有的概念进行比附和解释。

由于材料的散失，使当时具体的“格义”比附方法，现在已不能得知，只是散见于魏晋的佛经中。杨维中先生在其《中国佛教心性论研究》中，认为格义有三种表现形式：一、表现在注疏体例中，即为“生解”；二、表现在日常翻译中；三、表现在日常的讲经辩论中，又称之为“连类”。[⑥] 生解的例子，如《大安般守意经注》中把“安般守意”四字作解释时，安为清，般为净，守为无，意为为，是清净无为也。格义表现在翻译中，如将“涅槃”译为“无为”，将“禅定”译为“守一”等。格义表现在讲经辩论中，又称之为“连类”，如《高僧传》卷六中：“远年二十四，便就讲说。尝有客听讲，难实相义，往复移时，弥增疑味。远乃引《庄子》为连类，于是惑者晓然。是后安公特听慧远不废人俗书。”[⑦]

---

① 《汤用彤全集》卷五，177 页。

② 《汤用彤全集》卷一，115 页。

③ 刘义庆撰，刘孝标注：《诸子集成·世说新语》文学篇第四，上海书店，1986 年，59 页。

④ 释慧皎撰，汤用彤校注：《高僧传·卷四·竺法雅传》，中华书局，1992 年。

⑤ 同上。

⑥ 杨维中：《中国佛教心性论研究》，宗教文化出版社，2007 年，25 页。

⑦ 释慧皎撰，汤用彤校注：《高僧传》，195 页。

二、格义方法的作用和弊端

竺法雅和康法朗把佛学的概念规定成中国本土固有的、类似的概念。《高僧传》称竺法雅“风采洒落，盖于枢机，外典佛经。递互讲说”。[①] 格义又不同于以前对名相所作的说明，而是经过刊定的统一格式，专在文字上着眼，目的在于贯通文义。他们这样做的结果，为当时初学佛者提供了一定的便利，从而使佛法的名相与本土的概念用于相互理解，力图通过格义表达佛法的思想。格义在当时这种情况之下，也发挥着十分重要的作用。佛教独特的思想体系，也随着格义化的进程逐渐被中国人所接受。但格义是在特定的历史背景下产生的，它只是佛教在初传入中国依附于“道术”，又不被大众所接受的情况之下，一种不得已而为之的方法而已。随着经典不断地被译出，信众增多，佛法的思想体系逐渐完备，格义仅停留在名词和概念上的对比和解释，难免会引起思想上的混乱和曲解。看僧睿在《毗摩罗诘经义疏序》中说：“自慧风东扇，法言流泳已来。虽日讲肆，格义迂而乖本。”[②] 道安在《道行经序》中说：“考文经征其理者，昏其趣者也；察句以验其义者，迷其旨者也。”[③] 格义此时就暴露了很大的弊端。但是同时也说明了佛法在中国的传播也逐渐摆脱了语言文字上的障碍。此时再通过格义理解佛法的思想，已经不能满足当时信众的需求。在这样的情况下，格义的作用也显得越来越小，逐渐被一种“言意之辩”的思想方法所取代。道安之后，人们用这种新的思想方法从事融合印度佛教和中国思想的工作，格义也慢慢地失去了作用。佛教的中国化进程，也由此推进了一步。

① 释慧皎撰，汤用彤校注：《高僧传·卷四·竺法雅传》，153页。
② 释僧佑撰，苏晋仁、萧錬子校：《出三藏记集》卷八，中华书局，2008年，311页。
③ 释僧佑撰，苏晋仁、萧錬子校：《出三藏记集》卷七，263页。

三、魏晋之佛经翻译

佛教的中国化进程，是与中国的佛教化并行的。这是异域文化在中国的第一次的自觉接受和吸收，确确为一次自觉的文化运动。这运动的核心，便是历时三百年之久的魏晋时期大规模的佛经翻译，堪为筚路蓝缕之功。

参加这一译经工作者，中印高僧皆有。他们志存高远、胸怀博大、眼界宽广、脚踏实地。据统计，这期间翻译出的佛经，西晋有 333 部，东晋 168 部，宋 465 部，齐 12 部，梁 46 部，陈 40 部，北魏 83 部，北齐 8 部，北周 14 部。再加上五胡诸国的翻译，共计译出 1420 部、3745 卷佛经。较之于此前，据《释氏稽古录》，“自永平至建安，共译经 293 部”，多了三倍多。即与现在的《大藏经》1916 部、8416 卷相比，部数亦相仿。

尤为难能可贵的，是这些译经者的认真态度、学术功底和敬业精神。许多经卷，往往一译再译，个别经典甚至达十次以上。兼之鸠摩罗舍美轮美奂、文质彬彬的翻译艺术，真正是一代不朽之伟业，实为中国一千多年佛经翻译历史上的中坚时期。为那个时期以及随之而来的隋唐时期的中国佛教化，奠定了坚实的基础。

总结

格义是在特定的历史背景之下产生的，有其特定的意义。在中国佛教史上，它存在的时间很短暂，也不能完全表达佛法的思想，甚至还有很多的曲解和错误。有时在研究佛教义理时，还把格义当做靶子来批判。但是，格义把佛法的概念与当时中国本土固有的概念对比，为中国本土思想和佛法的思想相互吸收和融合提供了“桥梁”。佛教也借助于格义，在中国扎根，深深被中国民众所接受。此后，中国的思想体系也逐渐完善，形成了儒释道三教交融的局面，格义也有它不可忽视的一面。

译经人老天涯，不知功在谁家。破帽僧衣瘦马。现时堪话，祖师微笑拈花。

15. 舞马词·对21世纪佛教教育的探讨

彩旄八佾成行，时龙五色因方。屈膝衔杯赴节，倾心献寿无疆。

——张说

我初到苏州西园戒幢律寺，就刚好赶上中越佛教教育研讨会开幕，有幸聆听了国内外知名的法师、学者的学术研究。研讨会围绕21世纪的佛教教育和僧才的培养为中心，展开了激烈的讨论。针对当前佛教教育存在的问题，法师和学者们提出了许多新颖的观点，其中不乏一些值得我们思考和借鉴者。

佛教从产生至今，已有二千五百多年的历史，其中二千三四百年是采用传统、原始的教育形式。这种教育形式以师徒传授、衣钵单传为特点，至多以寺院为学院、以宗派为传承，教学内容仅限于佛学，世间的学问不被重视。这与百多年来人类文明的不断进步、科学技术的日新月异，究竟有了距离。正所谓未能与时俱进。

面对这种形势，早在20世纪初，佛教界一些高僧大德、有识之士，如太虚法师、杨仁山居士等提出一系列为适应社会而进行改革的主张，并付诸实践。其中影响最大、成果最丰的是将佛教教育从传统教育改为院校教育，即把经教教育扩充到历史、外语、哲学等世间学问中。可以说这是现代佛教的初创阶段，这一教育模式在佛教界产生了巨大的影响。

佛教教育直接关系到佛教的兴衰存亡。如何培养佛教人才？如何在当今的形势下弘扬佛法？这些一直是近年来佛教界关心的话题。目前，国内佛学院大部分是院校式教育，此种教育形式有近百年的历史，为佛教界培养了大批的僧才。但是，院校式教育也暴露了一些缺点，例如：信仰的淡化、道风失纯。

造成这一问题的原因，盖由于院校式教育和传统教育在目的、方法上存在一定的距离。

传统教育有着自己优秀的教育方法。我们的佛陀就是个大教育家，我们的历代祖师、大德开创的宗派，都有自己的教育模式。面对是传统教育，还是现代院校式教育，文化界提出了“中西体用”的观点，也就是以传统教育为主，吸收院校式教育的长处，来弥补传统教育的不足。最后，还要回归到传统教育的路线上来。我们的佛教教育，不是单纯地传授知识，更重要的是开发智慧、完善人格。

佛教有别于其他宗教的地方，在于它既依靠信仰，又不完全依赖信仰，注重智慧趋向解脱。佛教给人智慧和方法，最终还要靠自身去修证。介于这一点，我们教育的重点也应放在开发智慧上。同时，佛教教育还具有宗性，侧重于心灵的塑造和人格的培养。同时佛教又有现实的可操作性。

20世纪初以来，佛教教育有两次高潮。第一次为20世纪20年代到30年代，第二次为20世纪80年代至今。中国佛教在这中间，继承、借鉴了许多优秀的外形模式，呈现出多样式的局面。从教育对象来看，分为僧伽教育、居士教育、社会教育；从教育方式来看，分为丛林教育、学院教育、特色教育等。可以说，多样化模式是今后佛教教育发展的方向。由于缺乏规范化的管理，也有一定弊端，就是鱼龙混杂、良莠不齐、内部缺少竞争机制、没有生存忧患意识。

佛即心兮心即佛心佛從來皆妄物
若知無佛復無心始知真如法身佛
佛佛佛沒模樣一顆圓光含萬象
無體之體即真體無相之相即實相
非色非空非不空不靜不動不來往
無異無同無有無難取難捨難聽望
內外圓明到處通一
佛國在一沙中一粒沙
含大千界一個身心萬個同
知之須會無心法不染不淨為
淨業善惡千端無有無
便是南無大迦葉
心佛頌

佛教教育还可以说是动态的，不同的时代应有不同的内涵。当代佛教教育必须考虑到生存意识，必须考虑到社会的需求。只有解决了社会学界的问题和一些社会现象，佛教才有存在的价值，才能得到社会的认同、尊重。如若不然，或许会成为社会的包袱，有被淘汰的可能。这一提议或许是十分大胆的，也是佛教界十分敏感的，但，越是敏感的地方，越要引起我们高度的警惕！

佛教教育的核心在僧伽教育，而僧伽教育至关重要的是所授的知识。相比之下，南传佛教国家斯里兰卡佛教大学设置了一些如《佛教心理学》、《佛教文化》等与社会紧密相连的学科，我们国内佛学院现在就缺少这样一些针对社会的学科。另外，国内 38 所中、高级佛学院，除五台山普寿女众佛学院、宝华山戒律学院等之外，其余的基本上没有什么特色。今后我们的教育思路应有相应的调整，在注重基础课学习之外，把大部分精力集中到各自专业上来，有所推崇、有所专宗。

今天的佛教教育将决定明天佛教的发展，如何走出中国佛教教育的困境呢？教内外法师、专家们从各个方面提出了各自的问题和构想，涉及到佛教教育的焦点问题，比如：传统教育和现代教育、信仰和学术、内修和外行。虽然大家没有达到明确的共识，但这些问题的提出，具有深远的意义，希望能对 21 世纪佛教教育起到积极的引导和推动作用。

我真正期待着佛教界的那一天，“彩旄八佾成行，时龙五色因方。屈膝衔杯赴节，倾心献寿无疆。”

16. 春光好·中国佛教的发展

天初暖，日初长，好春光。万汇此时皆得意，竞芬芳。笋进苔钱嫩绿，花偎雪坞浓香。谁把金丝裁剪却，挂斜阳。

——欧阳炯

中国佛教在经过十年浩劫后，随着改革开放、宗教政策的逐步落实，也开始步入了一个新时期。

如今，遍布全国各地的名山古刹，已然成为各风景区的各级文物重点保护单位，各种机构诸如消防、文物、环保等部门也相继涉足寺院，给予指导、帮助和协助管理，成为对外开放的窗口和地方经济的新增长点。真是“天初暖，日初长，好春光。万汇此时皆得意，竞芬芳”。中国佛教史得到了史无前例的发展——从原始佛教的托钵乞食，到农禅并重，以至今天的旅游经济，尤其是作为中华民族传统文化重要组成的宗教文化的发扬光大，形势真钵盂禅舍是喜人。

但是，作为出家人，更还要对当前的佛教现状作出审思和展望，与时俱进，这是全体出家人义不容辞的责任和义务。

如是，我们先从组织形式看中国佛教的未来发展。组织形式代表着一个团体的构成成分和存在状况，并反映出团体的社会功能。

首先，政治因素一面。佛教在社会主义的中国生存与发展的几十年中经历不少曲折与反复，由于政府与宗教团体、国家与信教公民之间的相互作用，使佛教与国家的政治之间关系大体分为对立、承认、适应协调等类型。对立型，视宗教为旧社会遗留下来的落后的意识形态，从而开展对宗教的大批判。但宗教在社会主义的中国长期存在是不以任何一方的意念为转移的。因此，宗教逐渐在社会主义国家得到政府的承认，并列入宪法之中，这就是承认型。随着改革开放大潮的出现，人民的生活水平不断提高，现实社会生活给宗教和国家提出一系列要求，政府也在宗教问题上进行了经验和教训总结。1993 年，国家在统战工作上明确地提出了宗教与社会主义社会相适应的问题。此为宗教与社会主义社会相适应的道路开辟了广阔的前景。另外，作为上层建筑的特殊意识形态的宗教，必须适应新的社会主义社会的总体要求。政府一方，因为它掌握着国家权力，制定宗教政策，又有导向作用。

明白了宗教与政治的具体关系，才能更好地落实具体的宗教工作。政府给宗教限定一定的活动范围，并设立了相应的协调机构：政府方面，统战部、宗教局；佛教方面，出现了中国特色的寺院管理委员会、寺院与寺院间的佛教协会，以上承下达国家的宗教政策。近几年来，政府更加强力度对寺院进行管理，限制寺院的数量，更加具体落实管理条例。展望未来的佛教，宗教的信仰自由会得到更大的发展，政府也会更加完善佛教的法制化管理。佛教必将有具体的法律所依，宗教教职人员也会被社会大众所接受；但同时，也必将受到法律局限，佛教教职人员，除受到社会法律的制约外，也肯定受到宗教法律的制约。

其次，经济方面。国家改革开放以来，宗教也随之对外开放，本来为体现宗教信仰自由的寺院，随着旅游产业的兴起和快速发展，也成为重点风景单位。“人间净土”的寺院便成为都市人们调节生活节奏的消闲去处。旅游、文物、消防等部门也相继介入寺院。这样一来，寺院集文化、旅游、宗教于一体，呈现出多元化发展的趋势。寺院经济也成为一种新的经济增长点，给寺院带来一定的经济收入。同时，社会中的恶习、争斗也猛烈地“攻击”着寺院。由于经济分配的问题，社会各部门与寺院不断地发生摩擦。虽然，由于整体社会氛围的变化，寺院内部财产的增加也为僧人生活带来了诸多不稳定的因素；但有钱不是一件坏事，合理地运用资金，可以更好地、便利地弘扬佛法。“天下名山僧占多”，各地区也纷纷开发景区，各部分都要建立寺院，请僧住持伸佛法。目前，佛教寺院星罗棋布，无疑为佛教的发展起了一定的推动作用，但是，弘扬佛法的人才却不能满足现实的要求。因此，一些大寺院也设立了佛学院，或者各种形式的培训班培育僧才。提高整体僧人的素质，也是未来佛教发展的重点方面。

再次，宗教方面。有了政治上的导向作用，经济上的支持能力，才能谈真正意义上的宗教。佛教的合法权益在法律上得到肯定，佛教寺院也有了合法地位。虽然受到宗教管理条例的限制，只能在开放的宗教场所宣扬佛法，但我们能掌握其中的规定和条例，巧妙地运用，还是有充分的空间的。从五湖四海来的游客，不断地涌入寺院，给我们弘扬佛法带来了新契机。毕竟“山不转，水还转”呢。信息时代的到来给人类带来极大的方便，也使佛法的传播突破了时空性和区域性，因此，佛教网站将在未来的弘法中起到重要的作用。

佛教的组织结构随着经济的发展，法制的健全，会更加合理化、规范化。因特网式的佛教网必将营建一个宁静、安详的“人间净土”，或许不久会以更加简捷的方式出现在手机、电视上，为人民的生活注入慈祥的气息，为净化人心、规范道德起到巨大的作用。

最后，中国佛教的发展，一定要和国家的文化建设同步进行。胡锦涛总书记在中国共产党第十七次全国代表大会上关于“弘扬中华文化，建设中华民族共有精神家园”的讲话中指出，“中华文化是中华民族生生不息、团结奋进的不竭动力。要全面认识祖国传统文化，取其精华，去其糟粕，使之与当代社会相适应、与现代文明相协调，保持民族性，体现时代性。加强对各民族文化的挖掘和保护，重视文物和非物质文化遗产保护，做好文化典籍整理工作。加强对外文化交流，吸收各国优秀文明成果，增强中华文化国际影响力”，这应该也必须成为佛教发展的指导原则之一。

不得不承认，空谈大乘，不重实行，行为与教理脱节，向为中国佛教的弊端之一。因此，把握好“和谐文化”中的诸种关系，这是佛教在新时期发展的关键。也就是说，一定要处理好主流文化和非主流文化的关系；处理好本土文化和外来文化之间的关系；处理好古老的传统文化和现代文化之间的关系；处理好都市文化和农村文化之间的关系；处理好中原文化和边疆文化之间的关系；处理好科技文化和人文文化之间的关系；特别是，一定要处理好宗教文化与世俗文化的关系。

天真暖，日还长，好风光。四海此时皆得意，竞芬芳。

少室嵩山嫩绿，佛界万千气象。齐把前程来彩绘，喜洋洋。

这是我的愿望。

三业篇——佛学论述

17. 蝶恋花·《瑜伽菩萨戒本》与《梵网菩萨戒本》之比较初探

栏菊愁烟兰泣露，罗幕轻寒，燕子双飞去。明月不谙谁恨苦，斜光到晓穿朱户。

昨夜西风凋碧树，独上高楼，望断天涯路。欲寄彩笺无尺素，山长水阔知何处？

——晏殊

尽管一向崇尚禅，喜好词，然则，身为出家人，经卷尚需老老实实去读，学问尚需认认真真去做。一如静安先生论“顿渐”时所言，“古今之成大事业大学问者，必经过三种之境界，“昨夜西风凋碧树，独上高楼，望断天涯路”、“衣带渐宽终不悔，为伊消得人憔悴”、“众里寻他千百度，蓦然回首，那人却在灯火阑珊处”。

如是，有比较《瑜伽菩萨戒本》与《梵网菩萨戒本》之心得如下：

一、序文

菩萨戒是修学菩萨乘的行为准则，在大乘佛教中起着极其重要的作用。汉传佛教自古至今也以大乘佛教自居，奉持大乘教法，行菩萨道，而这一切作为，又必须由菩萨戒来规范。同时，菩萨戒是“一切诸佛之能成佛的根本原因，也是菩萨之所以成为菩萨的根本所在”。①

另一方面，从民间而言，佛教传入东土后，基于特定的人文环境和社会基础，大乘佛教的思想也很快为民众所接受，并且同时接受了菩萨戒。

现今藏经中的菩萨或菩萨经约有六种：（一）《菩萨璎珞本业经》（以下简称《璎珞戒本》）；（二）《梵网经菩萨戒本》（以下简称《梵网戒本》）；（三）《瑜伽菩萨戒本》（以下简称《瑜伽戒本》）；（四）《菩萨地持经戒本》（以下简称《地持戒本》）；（五）《菩萨善戒经戒本》（以下简称《善戒戒本》）；（六）《优婆塞戒经戒本》。

若依菩萨戒的由来，以上六种菩萨经又可分为三类：《璎珞》和《梵网》为一类；《瑜伽》、《地持》、《善戒》为一类；《优婆塞戒经》为一类。②

此六种戒经或戒本，有些是顿立而可单受的菩萨戒，称谓“顿立戒”；有些是渐次而须先受三归五戒等之后再受菩萨戒，称谓“渐次戒”。按照这样的分法，《璎珞戒本》和《梵网戒本》是“顿立戒”；《瑜伽戒本》、《地持戒本》、《善戒戒本》、《优婆塞戒经戒本》等四种戒经属于“渐次戒”。

其中，尤以《梵网戒本》在汉地影响最大，智者、法藏、藕益等诸大家分别注疏，汉地僧人也把此戒本作为日常生活的行为规范。

然而，随着20世纪初唯识宗在中国的兴起，《瑜伽戒本》也受到教内外的关注，近代著名的佛教改革家太虚大师更以“志在整理僧伽制度，行在瑜伽菩萨戒本”③为准则，倡导《瑜伽菩萨戒本》。佛学名家吕澄、韩清净等为之注解，更使《瑜伽菩萨戒本》大放光芒。近年来台湾

---

① 释圣严：《戒律学纲要》，佛教青年协会印赠，1991年。

② 同上书。

③ 《太虚大师全集〈下〉》，台湾正闻出版社，1993年第3版，187页。

的一些法师，如中华佛学研究所续明法师写的《瑜伽菩萨戒本的心理观及伦理观》，体韬法师写的《六度四摄与〈瑜伽论·戒品〉之关系》等著作，将《瑜伽菩萨戒本》的特色和内涵进一步地展现出来。

本文拟从历史方面疏理，着重以《梵网戒本》和《瑜伽戒本》之比较为基础，对《瑜伽戒本》予以探讨。

二、《瑜伽》和《梵网》的由来及其流传情况

1. 瑜伽菩萨戒

实际上，《瑜伽》、《地持》、《善戒》等三种戒本，同出于《瑜伽师地论本地分菩萨地初持瑜伽处第十·戒品》的同本异译。但由于翻译者各自的观点或梵文底本的不同，此三种戒本，也有各自的侧重点。

圣严法师指出，瑜伽类的戒本是弥勒菩萨根据佛陀在各经散说而有关戒律的部分收集编辑而成的。①确实《瑜伽菩萨戒本》中有这样的记载："如是所起诸事，菩萨学处（戒），佛于彼素口旦缆（经）中随缘散说，谓依律仪戒、善法戒、饶益有情戒；今于此菩萨摩口旦理迦（论），综集而说。"②

《瑜伽菩萨戒本》的最早翻译者，应该是晋朝昙无谶翻译的《菩萨地持经》。《高僧传》有载："赍大涅槃前分十卷，并菩萨戒经，菩萨戒本等。"③且当时有个叫张掖的沙门想跟昙无谶受菩萨戒，昙无谶让张掖竭诚悔过七日七夜。又一次请求受戒，昙无谶大怒。张掖旋又边禅修边忏悔，并于定中见释迦文佛与诸大士授戒法。而且，"其名同止十余人，皆感梦如世所见"。④ 昙无谶闻说此事也十分欢喜，又"并为于佛像前

---

① 释圣严：《戒律学纲要》，255 页。

② 同上。

③ 释慧皎撰，汤用彤校注：《高僧传·昙无谶传》，中华书局，1992 年，79 页。

④ 同上。

为说戒相”。[1] 此菩萨戒本即是“有别记云：菩萨地持经”。[2]

刘宋时期的求那跋摩曾二次译此戒。《高僧传》也有如下记载：“后祇洹慧义请出菩萨善戒，始得二十八品，后弟子代出三品，成三十品，未及缮写，失序口及戒品，故今犹两本，或称菩萨戒地……至是更请（求那）跋摩译出后品，足成十三卷。”[3] 这就是后世十三卷的《菩萨善戒经》。

有唐一代，玄奘从印度留学回国后，开始着手译经，弘扬法相宗，在当时朝野产生了巨大的影响，也为唯识思想的发展奠定了充分的基础。贞观二十二年五月十五日（公元648年）玄奘在弘福寺翻译了《瑜伽师地论》100卷，并于此后第二年七月二十日，“译《菩萨戒本》一卷，大乘笔受”，[4] 即将《瑜伽师地论》中关于“戒品”的部分抽出，成为单行本，并广为流传。《瑜伽》也在此时随同法相宗在唐朝产生了广泛的影响。窥基继玄奘所传，更将法相宗加以发扬，但“经慧沼、智周传承而代，各自阐扬，自智周弟子如理以后，即逐渐衰微……”[5]《瑜伽》也自然伴随着法相宗此长彼长，此消彼消。

直至20世纪初，中华大地上又掀起一场“法相唯识”的浪潮，《瑜伽戒本》二次复苏。其时，太虚大师独树一帜，高举大旗，并以“志在整理僧伽制度，行在瑜伽菩萨戒本”[6]为准则，随机授瑜伽菩萨戒，讲授此戒。

从太虚法师年谱中可以看出，“1924年1月13日武昌正信会成立，会长杨造丞礼大师受菩萨戒”；[7]“1924年2月5日，甲子元旦，大师编

---

① 释慧皎撰，汤用彤校注：《高僧传·昙无谶传》，79页。
② 同上。
③ 释慧皎撰，汤用彤校注：《高僧传·求那跋摩传》，中华书局，1992年，108页。
④ 杨廷福：《玄奘年谱》，中华书局，1988年，240页。
⑤ 《中国大百科全书选编·佛教》，中国大百科全书出版社，1990年，64页。
⑥ 《太虚大师全集〈下〉》，187页。
⑦ 印顺：《太虚法师年谱》，宗教文化出版社，1995年，90页。

《慈宗三要》（《瑜伽菩萨戒本》为其中一要）”；[①]“1929年1月10日，巴黎佛学会开成立会，大师出席指导左舒女士与旭佛乃尔夫人，乞授皈依，乃名以德卢、德享。大师以《慈宗三要》嘱为译传流通”；[②]“1930年10月29日，太虚大师于成都文殊院开讲《瑜伽菩萨戒本》”；[③]“1934年大师游丹徒，以会音寺开戒、礼请开示，大师略示瑜伽菩萨戒纲要，作《同戒录序》”。[④]

太虚大师之所以极其推崇《瑜伽菩萨戒本》，并且不竭余力去实践它，盖由于大师认为：“考之有梵网经、缨珞经、菩萨优婆塞戒经、密宗三昧耶式仪轨，与此瑜伽菩萨戒本五种，而以梵网最完具。然梵网兼具律仪戒、摄善法戒，饶益有情戒，而能发挥菩萨戒中摄善法戒、饶益有情戒之殊胜相者，则唯在此瑜伽戒本也。”[⑤]并把《瑜伽菩萨戒本》所行持的菩萨行放到极高的地位。大师在晚年还主张：“想复兴中国的佛教，树立现代的中国佛教，就得实现整兴僧寺，服务人群的今菩萨行！”[⑥]还希望大家同行六度四摄，即是实行瑜伽菩萨戒本！近代，西方心理学界注意到法相唯识中详尽的心理分析以及佛法中独特的心理视角，从而使唯识受到世人的广泛关注。这也使得世人对《瑜伽菩萨戒本》进行重新的思考，并不断发现《瑜伽菩萨戒本》中的诸多优点。

近年，一些学者和法师采用现代的学术手段，如数据统计分析等，对戒本中心、心所、心相应心所等细微的心理变化进行研究，从而开显出《瑜伽菩萨戒本》的心理观和伦理观等新课题。

2. 梵网菩萨戒

此戒由佛在妙光堂亲口宣说，诵出梵网，由佛陀传弥勒，再传二十

---

① 印顺：《太虚法师年谱》，90页。
② 印顺：《太虚法师年谱》，153页。
③ 印顺：《太虚法师年谱》，179页。
④ 印顺：《太虚法师年谱》，205页。
⑤ 善导寺：《太虚大师全书·律释》，佛教流通处敬印，353页。
⑥ 《太虚大师选集（下）·从巴利语系佛教说到今菩萨行》，390页。

余位菩萨，由姚秦鸠摩罗什传到中国来，但只诵出两卷，即是鸠摩罗什在后秦“弘始八年（公元406年），《梵网经》全称《梵网经卢舍那佛说菩萨心地戒品第十》（亦称《梵网菩萨戒经》、《菩萨戒本》）二卷”。[①]本来梵网在“西域有十万颂，六十一品，具翻应三百卷”，[②] 鸠摩罗什诵出的二卷就是大本《梵网经》中的第十品《菩萨心地法门品》。大本《梵网经》之所以没有来到中国，有这样一个故事：“真谛三藏将菩萨律藏拟来此土，于南海上船便欲没。省去余物，仍就不起，唯去律本船方得进。真谛叹曰：‘菩萨戒律，汉土无缘，深可悲矣！’”[③]

随后，北梁昙无谶又译出《璎珞经》一卷，此为小本《梵网经》的同本异译，但这两种戒本所不同处，据圣严法师考证：“璎珞经没有轻戒，梵网经则没有受戒的方法。但是，璎珞与梵网相同之处太多。”[④]梵网类的思想与中国传统文化思想有很多契合点，因此自从它翻译出后，就逐渐地发展壮大起来。等到宋代唯识宗逐渐衰微，《瑜伽菩萨戒本》渐渐消弱，而此时梵网的戒本则大行于天下。

历代对梵网类的注疏也极其多，如隋智者《梵网菩萨经义疏》、新罗大贤《梵网经古迹记》、唐法藏《梵网经菩萨戒本疏》、明智旭《梵网经戒本笺要》、清书玉《梵网经菩萨初津》等等。

从历史的角度看，瑜伽类与梵网类不同之处在于：瑜伽类是由弥勒将佛说的戒律部分组合起来，间接地编辑起来的，这一点在上文中论述过。而梵网类是由佛亲口诵出，代代相传的，这样一来，就在汉人选择戒本时，首先将瑜伽类戒本排除出去。另外一点，瑜伽类是《瑜伽师地论》中菩萨地戒品的一部分，而这本大论却糅合了当时印度各派的“五种性说”（一、声闻乘种性；二、独觉乘种性；三、如来乘种性；四、

---

① 任继愈主编：《中国佛教史》，中国社会科学出版社，1985年。
② 《大正藏》第40册，605页。
③ 同上。
④ 释圣严：《戒律学纲要》，252页。

不定种性；五、无种性）。[1] 其中有本有家、新熏家、一切有性说、五姓差别说等等，玄奘大师师承于戒贤这一系，因此有“玄奘回国后，遵照他师傅的意见，忠实地传译了包括毕竟无性的五种性说。”[2]他所译的《瑜伽菩萨戒本》自然也带有这一系的五种种性说，也就是说《瑜伽菩萨戒本》是以五种种性说为思想基础的。这样一来，就有一部分根性的众生不能受持《瑜伽菩萨戒本》了。直至近代对《瑜伽菩萨戒本》进行评定时，还有这样的结论，如“梵网与璎珞为纯粹的大乘戒法，其中流露着大乘佛教最高的理念。即：僧俗浑一的精神。至于瑜伽虽然亦是大乘戒法，但因以小乘的七聚为准故，无法广摄一切众生”。[3] 魏国法藏在注释《梵网戒本》时也引用五种性学说的思想来阐述，在《梵网菩萨戒本疏》中：“五种性中定性二乘及无种性非此所为，五种性俱此所为，以许佛性皆悉有，以于此身定入寂故名定性二乘，非谓寂后而不趣向于大菩提，如法华楞伽实性论等说。又为谛大乘人是一阐提因依无量时故说无性，非谓究竟无清净性如实性及佛性论说。又依佛性论自断说无佛性为不了教如前说。是故一切众生皆是所为耳。”[4] 法藏也用“五种种性说”，但却把它们作为反证，从而说明一切众生皆具佛性，一切众生皆可受持梵网戒，换言之，《梵网经》是以一切众生皆有佛性为思想基础的。再一点，《瑜伽菩萨戒本》中第八、九条可开缘，特别是第九条性戒的（杀、盗、淫、妄、酒）的开缘，恐怕是当时以儒家的三纲五常为伦理的社会最难以接受的。很多儒者，将五戒与五常（仁、义、礼、智、信）相对应起来，对他们来说，开缘五戒就意味着动摇了五常的伦理观念，而三纲五常恰恰又是封建社会最基础的道德规范。归纳起来：从戒本的缘起来说，瑜伽类是弥勒间接编辑起来的；从思想基础来说，《瑜伽》从根本上就否定了一部分众生不能受持瑜伽菩萨戒；从社会伦

① 中国佛教协会编：《中国佛教》第四辑，东方出版中心，1996年，389页。
② 同上书，394页。
③ 《现代佛教学术丛刊（89）·律宗思想论集》，大乘文化出版社，1979年，50页。
④ 《大正藏》第40册，603页。

理上来说，《瑜伽菩萨戒本》的性戒开缘，不管何种情况，都难使当时的中国人接受。基于以上三种原因，《瑜伽菩萨戒本》在唐代被弘扬一段时间后，约到宋代就慢慢地衰微了。

三、《瑜伽菩萨戒本》和《梵网经菩萨戒本》的具体戒条之比较

首先，我们来分析《瑜伽菩萨戒本》和《梵网经菩萨戒本》两种戒本的组成结构。

《梵网经菩萨戒本》有十重四十八轻，即十条重戒（杀戒、故妄语戒、故淫戒、故盗戒、酤酒戒、说四众过戒、故悭戒、故瞋戒、自赞毁他戒、谤三宝戒）[①]，四十八轻戒（因条目较多，此不引述）。十重又称为“十无尽藏”，因为“十重就是十无尽藏，因此在一一戒中均已具足了法界的一切戒”。[②] 而四十八轻戒，在法藏大师的《梵网菩萨戒本疏》卷四中，又有如下的特征：一是“或有一戒中有多种戒”。[③] 如第十二条，贩卖戒中有第三：（一）卖良人，（二）卖奴畜，（三）卖棺木等；第二十条，不能救生戒中有二条：（一）求生免杀，（二）亡日讲法以救亡者之苦；诸如此类轻戒共有十几条。[④] 另一个是：“此四十八种中几唯是轻几带于重。”[⑤]如第十一条，通国入军戒中含有轻重两条；为人作差使送信，所以犯轻；因此而致两种相杀，所以犯重杀；第十四条，放火损烧戒中含有轻重两条；焚烧是犯轻戒；损他财物则为犯盗重；诸如此类轻戒共有六条。[⑥]

《瑜伽菩萨戒本》是《瑜伽师地论·本地分菩萨地初持瑜伽处戒品》

---

① 释圣严：《戒律学纲要》，258、259页。
② 《现代佛教学术丛刊（89）·律宗思想论集》，47页。
③ 《大正藏》第40册，634页。
④ 释圣严：《戒律学纲要》，265、266页。
⑤ 《大正藏》第40册，634页。
⑥ 释圣严：《戒律学纲要》，265页。

录出，而“《戒品》于《菩萨地》中仅占一品的篇幅；仅为六度中之一品。于六度品之前尚有八品，举凡详译菩萨之（种性)、(发心)、(自他利益)、(真实义)、(威力)、(成熟)、(菩提）及（力种性）等问题”。[①]《本地分》共有十七地，《菩萨地》是第十五地，前还有：一、五识身相应地；二、意地；三、有寻有伺地……十三、声闻地；十四、独觉地等等。虽然《戒品》在《瑜伽师地论》中为一小小分支，却占有重要的地位，如吕澄的《印度佛学源流略讲》中提到：“《菩萨地》主要思想的第二点是：讲六度时，于戒提出菩萨自乘的律仪戒。佛教出家者皆须受律仪戒，过去，由于大乘无律仪戒，大乘出家者都在小乘部派中受戒，如龙树在有部受戒等。现在，《菩萨地》中编出一套四重、四十三轻的律仪戒来，就有了大乘自己的律义戒了。按照佛家传说，律是由佛制定的；大乘这四十七学处（每一戒即一学处）有说是佛制的吗？他们的解释是，虽不是佛亲自制定，但都是佛说。是将散见各处的佛说组织的，所以还同于佛制……同时，说这四十七条戒出佛说，还是《菩萨地》的重点。因此，在刘宋译出时全部作为戒经看待，名为《菩萨善戒经》（十卷)，并将其中四十七学提出单行。可见菩萨戒是《菩萨地》的一个重点。”[②]

从吕先生的论述中，可以看出《戒品》的重要性，它使大乘有了自身的律仪戒，再也不需向小乘部求戒了。另外，《戒品》中列出九种戒：“谓九种相戒名为菩萨戒波罗密多。(一）自性戒，(二）一切戒，(三）难行戒，(四）一切门戒，(五）善士戒，(六）一切种戒，(七）遂求戒，(八）此世他世乐戒，(九）清净戒。”[③]，其中“一切戒则总说戒波罗密的一切戒相及其意义，其中包涵三聚净戒的意义、相状，如何持

① 释体韬：《六度四摄与〈瑜伽论·戒品〉之关系》，法鼓文化，1997 年，中华佛学研究所论业，13 页。

② 吕澄：《吕澄佛学论著选集》四，齐鲁书社，2191 页。

③ 《大正藏》第 30 册，510 页。

守、摄护之，及四十七则学处、受戒、忏罪等内容。”[①]这“四十七则学处”，就是现在单行的《瑜伽菩萨戒本》。以上是《瑜伽菩萨戒本》在《瑜伽师地论》中所处的位置和作用，以便于让我们熟知《瑜伽菩萨戒本》所依托的思想基石。再来看《瑜伽菩萨戒本》自身的组成：《瑜伽菩萨戒本》有四重四十三轻，即四条重罪（一、自赞毁他戒，二、悭不惠施戒，三、不受悔戒，四、说相似法戒）和四十三条轻戒（因条目繁多，概不引述）。其中四十三条轻戒在唐代道伦所著的《瑜伽论记》中，又将它们这样划分：“初犯三十二轻，障子六度摄善法戒。后犯十一种经，障于四摄利众生戒。”[②]又体韬法师在《六度四摄与〈瑜伽师地论·戒品〉之关系》中，通过历代大师对《瑜伽菩萨戒本》的注疏，一一进行列举、分析，得出这样的结论：“《戒品》中三聚净戒的戒相乃撷取六度四摄之意义、精神而汇集成的，且四十七则学处乃为彰显六度四摄的菩提心行而被采集的。”[③] 瑜伽菩萨戒是七众戒的别解脱戒。《戒品》的三聚净戒中，七众戒是摄律仪戒，《瑜伽菩萨戒》则偏重于摄善法戒和饶益众生戒，因此：“故《戒品》中学处即偏重于摄善法及饶益有情二或；而此二戒之具体意涵亦即为六度四摄所容摄。”[④]这可谓《瑜伽菩萨戒本》的显著特点。

1. 四重和十重

重戒相对于轻戒而言，“重戒与轻戒的分别，是在（根本）及（种类）的不同，或是（性罪）与（遮罪）的不同。”[⑤]《瑜伽菩萨戒本》有四条重戒，称为“他胜处”，即“被他来的外在的敌对的魔法战胜，所以称为他胜处”；[⑥] 《梵网经菩萨戒本》有十条重戒，称为“波罗夷”，

① 释体韬：《六度四摄与〈瑜伽论·戒品〉之关系》，36 页。
② 《大正藏》第 42 册，538 页。
③ 释体韬：《六度四摄与〈瑜伽论·戒品〉之关系》，192 页。
④ 同上书，196 页。
⑤ 释圣严：《戒律学纲要》，256 页。
⑥ 同上书，257 页。

即“犯了重戒等于人断了头，不能再以任何的佛法之药来救治，所以称为断头罪，波罗夷就是断头的梵文音译”。[①] 为什么同是菩萨戒本又有四重和十重的区别呢？大体来说，《梵网经菩萨戒本》是顿立而可单受的菩萨戒，因此，《梵网经菩萨戒本》中的十条重戒，乃分属于身、口、意的三类（杀戒、盗戒、淫戒、妄语戒、酤酒戒属于身业；妄语、说四众过戒、自赞毁他戒、谤三宝戒属于口业；故悭戒、故嗔戒属于意业），“虽然仅列十条，实则已经包括了一切的律仪戒。”[②] 又“十无尽戒”。简单地说，《梵网戒》不论在家众和出家众均可以从头开始来受持梵网戒。而《瑜伽菩萨戒本》却不同，它必须在受持好七众戒的基础上之后，才能受持《瑜伽菩萨戒本》，所以《瑜伽菩萨戒本》中只列出四条重戒，突出了菩萨戒行持的重点。在声闻戒中，“身口犯戒有罪，心意犯戒无罪，心意犯戒也不成其为犯戒。所以既不以意业为轻戒，更不以意业为重戒。但在大乘戒中，不唯心意违犯了有罪，甚至会列为重罪。”[③] 这里并不是说身、口的行为不重要，而是对身、口的造作行为进一步地分析，看主体内在的意识，“事实上，身口二业的成为罪行，主要是由于意业的策划预谋和操纵，由意业的发动而成为身口业者，有恶的，有善的，也有不恶、不善的”。[④]《瑜伽菩萨戒本》第一重戒“自赞毁他戒”，吕澄在《瑜伽菩萨戒本羯磨略讲》中说：“菩萨首戒亦从贪出，但扩大其义，以贪求来一切染行之源”；[⑤] 第二重戒“悭吝财法”，此是：“此现于加行者为不舍，推之于用心则为悭”；[⑥]第三重戒“忿恼有情”，与上二条雷同：“此乃嗔之现行也”；[⑦]第四条“说相似法戒”，吕澄就这样判定：“推其用心，或则内怀憍慢，自信胜解，而生似是而

---

① 释圣严：《戒律学纲要》，257 页。
② 同上书，259 页。
③ 同上书，259 页。
④ 同上书，259 页。
⑤ 吕澄：《吕澄佛学论著选集》四，1012 页。
⑥ 同上。
⑦ 同上。

非之邪；或则是非不定，随他意转，不知分别，而堕于愚痴之类。”[①]《瑜伽菩萨戒本》的重戒侧重于意业，直接消除贪、嗔、痴三毒所相应恶的意业。另外，就十重和四重而说，法藏在《梵网经菩萨戒本疏》中：“二依《菩萨善戒经》出家菩萨有八重，即此中初四及后四是也，以出家菩萨先受声闻戒具前四重后受菩萨戒更加后四故，三依《善生经》在家菩萨有六重，即此中初六是。四依《瑜伽地持》有四重，即是后四是。”[②]，法藏就将几种戒本中重戒条目的不同，统一到《梵网经菩萨戒本》的十条重戒中来，其中就指出《瑜伽地持经》中的四重戒就是《梵网经菩萨戒本》十重戒的后四重戒。并且指出出家菩萨先受声闻戒的四重（杀、盗、淫、妄），然后再受菩萨戒的四重，这样一来，就容易理解《瑜伽菩萨戒本》以七众戒为摄律仪戒的说法。法藏这样说明《瑜伽菩萨戒本》中的四重戒和《梵网经菩萨戒本》中的十重戒之关系，还是较容易理解的。

2. 性戒和遮戒

首先，我们要认识何为性戒。“云何性罪？谓性是不善，能为杂染损恼于他；能为杂染恼于自。虽不遮制，但有现行便往恶趣。虽不遮制，但有现行能障沙门。”[③] 就是说性罪以不善为性，造成自与他产生损害和烦恼的行为，这些行为就是佛陀不制戒，也是趣向恶道的正因。何为遮戒？“谓佛世尊观彼形相不如法故，或令众生重正法故，或见所作随顺现行性罪故，或为随顺让他心故，或见障碍善趣寿命沙门故，而正遮止。若有现行如是等事，说名遮罪。”[④] 就是说，佛陀为了正法久住、敬重沙门，并且积极去断除恶缘、卫护沙门的行为而制定的戒条。如果受持了戒条，再去犯戒，就有了相应的罪；如果不受持这类戒条，假使犯了此类戒，就不算犯戒！《瑜伽菩萨戒本》轻戒的第八条“遮罪

① 吕澄：《吕澄佛学论著选集》四，1013页。
② 《大正藏》第40册，609页。
③ 《大正藏》第30册，869页。
④ 同上书，870页。

共不共戒”和第九条“性罪不共戒”，就进行了开许，这一点是《瑜伽菩萨戒本》中独有的。其中，遮戒和性戒是指在七众戒中的遮戒和性戒（杀、盗、淫、妄等）。

性戒可以开许？的确让人费解！也不可思议。我们分析一下第九条“性戒不共戒”的特征：

“第九　若诸菩萨安住菩萨净戒律仪，善巧方便，为利他故，于诸性罪少分现行，由是因缘，于菩萨戒无所违犯，生多功德……如果是菩萨意乐思维，于彼众生，或以善心或无记心……以怜悯心而断和彼命……

又如菩萨见有增上，增上宰官，上品暴恶，于诸有情无有慈悯，专行逼恼。菩萨见已，起怜悯心，发生利益安乐意乐，随力所能，若废、若黜增上等位。由是因缘，于菩萨戒无所违犯，生多功德。……

又如菩萨处在居家，见有母邑现系属，习淫欲法，继心菩萨，求非梵 和地……住慈悯心，行非梵行，习如是秽染之法，而无所犯，生多功德。出家菩萨……一切不应行非梵行。

又如菩萨为多有怀念解脱命难……然为救脱有情故，知而思择，故说妄语……”①

从此戒条中，可以看出菩萨以“以怜悯心而断彼命”，菩萨“起怜悯心，于彼有情发生利益安乐意乐”而“逼而夺取”或“不与取”，居家菩萨“住慈悯心，行非梵行”，菩萨“为救脱彼有情故”而“故说妄语”等等。总之，菩萨以“怜悯心”、“为利他故”、“发生利乐意乐”而行杀、盗、淫（在家菩萨）、妄。再反过来看，声闻乘的性戒：“云何杀生？谓于他众生起杀欲乐，起染污心……云何不与取？谓于他摄物，起盗欲乐，起染污心……云何欲邪行？谓于所不应行，非道、非处、非时，起习近欲乐，起染污心……云何妄语？谓于他有情起覆想欲乐，起

① 释体韬：《六度四摄与〈瑜伽论·戒品〉之关系》，255页。

染污心……”声闻乘在“杀、盗、淫、妄”时，就起杀（盗、淫、妄）欲乐，起染污心，因此犯了声闻之重戒。《瑜伽菩萨戒本》开许性戒，是因为：“此戒中的菩萨是住于正知正念而以清净心开许性戒，并非以三毒心，染污心而开许。”[①]菩萨戒的开遮，着重在意念上判定的。所以“《戒品》乃开许身口七支的七性戒，而非开许三毒之意业”。[②]

遮罪。在声闻乘中，佛陀为了正法久住，规范僧众的行为，而制定遮罪，并令声闻“少事少业，少希望住”。这样，都是为了让声闻乘者息灭烦恼，趣向解脱道，证入涅槃。而菩萨为了利益众生，要深入到芸芸众生中去，难免会遇到各种大的违缘，如按声闻的戒律行持，恐怕自身难保，更不要说去度化众生了。因此，在菩萨律仪中，菩萨为利益众生的原因，怀着清净的意乐，积极地投身到生活中，运用种种善巧方便，积聚诸多的资料，更好地去利益更多的众生。同时，也在利他中完成自利。

菩萨开许性罪和遮罪时，所发的意乐并非是凡夫意义上的意乐。如宗喀巴大师所说：“然如前集学论引经所说，非未得地前略行六度便以为足。必须多劫修道，善巧方便成就大悲之菩萨众。此谓正受菩萨戒已，如理修学菩萨学处，具菩提心，爱他过已，除杀生等，更无救他方便。菩萨于此为利他故，乃可开许，非开一切大乘之人。”[③] 意思是说：经过多劫修行，成就了大悲和善巧方便的菩萨众，要具足菩提心，爱他胜过爱自己，除杀生等没有救他的方便时，为了利他，便可开许杀等性。宗喀巴大师开性戒观点有以下几条：一、多劫修行成就了大悲和善巧方便的菩萨众；二、登初地的菩萨；三、爱他胜过爱自己，纯为利他，便可开许。另外，法锐《梵网经菩萨戒疏》中说：“若证空理，悲心行杀，如仙预王，斯无有罪。”[④] 可见，开性戒，要具足菩提心、空

---

① 释体韬：《六度四摄与〈瑜伽论·戒品〉之关系》，125 页。

② 同上。

③ 宗喀巴大师撰，法尊法师译：《菩萨戒品释》，东方文化艺术研究所，1995 年，21 页。

④ 释体韬：《六度四摄与〈瑜伽论·戒品〉之关系》，259 页。

性见、菩提慧才能开许，这样不但不造业，反而生多功德。

3. 其他

3.1 有关南传的问题

汉地佛教自古以来对声闻乘叫做小乘，并认为它们是“自了汉”，欣乐涅槃，侧重于自利。而大乘慈悲济人，广度众生，以利他为主，行大菩萨道。《瑜伽菩萨戒本》和《梵网经菩萨戒本》对声闻乘也有各自的主张。《瑜伽菩萨戒本》有二条此方面的戒条：“第二五条，若诸菩萨安住菩萨净戒律仪，起如是见，立如是论。菩萨不应听声闻乘相应法教，不应受持，不应修学，菩萨何用于声闻乘相应法教，听闻受持，精勤修学？是名有犯，有所违越，是染违犯。何以故？菩萨尚于外道书论精勤研究，况于佛法？无违犯者，为令一向习小法者舍彼欲故，作如是说。第二六条，若诸菩萨安住菩萨净戒律仪，于菩萨未精研究，于菩萨一切弃舍，于声闻藏一向修学，是名有犯，有所违越，是染违犯。”[①]其中《瑜伽菩萨戒本》的戒条：一方面，要学习声闻乘教法；另一方面，强调勿要弃大乘藏专一学小乘藏。在《瑜伽师地论》中说：“彼诸菩萨求正法时，当何所求？云何而求？何义故求？”“当求一切菩萨藏法，声闻藏法，一切外论，一切世间工业处论。”[②]菩萨虽发大乘心，但也要学习声闻藏法，吕澄认为：“不学声闻乘为犯，专习亦复为犯。学小教以为大乘所摄用，乃可研习；若舍大尊小，起爱着心，一向学习，自成染犯矣。”[③]《梵网经菩萨戒本》也有两条有关声闻乘的戒条：“第八条，背大向小戒。若佛子，心背大乘常住经律，言非佛学说。而受持二乘声闻外道恶见，一切禁藏，邪见经律者，犯轻垢罪”[④]和“第三十四条，暂念小乘戒。若佛子护持禁戒，行、住、坐、卧，日夜六时，读诵是戒，犹如金刚，如带持浮囊，欲渡大海，如草系此。常生大乘信。自知

---

① 释体韬：《六度四摄与〈瑜伽论·戒品〉之关系》，259页。

② 《大正藏》第30册，500页。

③ 吕澄：《吕澄佛学论著选集》二，1029页。

④ 圣一注：《梵网经菩萨戒略注》，香港宝林禅寺，1999年，100页。

我是未成之佛，诸佛是已成之佛，发菩提心，念念不去心，若起一念二乘外道心者，犯轻垢罪。”[①] 此中“外道恶见”，法藏解释为：“外道恶见二解：一云，二乘望大乘悉是外道；二云，若背大乘欲受六师法。”[②]另外，第八背大向戒：“直制犹预未决，是下邪见之方便；若决谓大劣小胜计成失戒，若心邪划未成犯轻垢……若彰言说则有两种：若法相说戒善已谢正犯性罪；若非法相说犯第十重而受持二乘者是欲受……”[③]犯此戒，大则犯谤三宝戒，小则犯轻垢。第三十四条：“以习各异欲背大向小，计未成犯前第八背大向小戒。计成矢戒在第十重戒中说……此戒所制不欲背大正言小乘易行且欲断结然后化生……”[④]此两条戒条，是为制止一些菩萨生起邪见认为小乘殊胜，并且想断除烦恼，欣乐涅槃，以至于不想：“一、护大乘戒……二、生大乘信；三、发大乘心”，[⑤] 而起自度之想。《瑜伽菩萨戒本》对声闻教法的判法就比较中道，要求菩萨要学声闻教法。《梵网经菩萨戒本》对声闻乘却极其排斥，固然，声闻乘的自度之心对大乘菩萨道的修行有一定的障碍，也不至于声闻的经律也排除在外吧！毕竟：“佛法中声闻藏，为一部分佛弟子所传之佛说，即有一分佛说之真实义在，而为菩萨乘所应共信。”因此，菩萨也可以用大乘的菩萨心去学习声闻教法，但不要夹杂声闻乘的自度之想。或许，祖师大德熟知其中的深义，但后学者看到《梵网经菩萨戒本》中的此方面的戒条，望文生义，就发生了歧义，因此长久以来对声闻乘束之高阁，并把声闻教法作为“外道恶见”加以排斥。

3.2 两戒本忏罪方法的差别

受戒容易持戒难！犯了戒以后，应如何忏悔呢？《梵网经菩萨戒本》是：如果犯了十重戒，应在佛菩萨像前，日夜六时诵十重四十八轻戒，

① 圣一注：《梵网经菩萨戒略注》，156页。
② 《大正藏》第46册，575页。
③ 同上。
④ 《大正藏》第46册，578页。
⑤ 同上。

礼三世千佛，得见“佛来摩顶，见光见华”等好相，才可灭罪。如果没有见好，此人此生不得戒，而得“增益受戒”；如果犯四十八轻戒，要对首忏悔，罪即可得灭。

《瑜伽菩萨戒本》犯了“上品缠犯如上他胜处法；失戒律仪，应当更受；若犯中品缠违犯如上他胜处法，应对三个补特伽罗前，发露、除恶作法；若犯下品缠违犯如上他胜处法，及余违犯，应对于一补特伽罗，发露忏悔。所以，《瑜伽菩萨戒本》注重对首忏，有“还出还净”的特点；《梵网经菩萨戒本》犯重戒于佛菩萨前忏悔，须见好相，否则忏悔无用，犯轻戒要对首忏法。

3.3 两种戒本的差别戒

除上述《瑜伽菩萨戒本》中“杀、盗、淫、妄”等性戒放在轻戒之中外，在《瑜伽菩萨戒本》中，多次提到“护僧制”的问题，这是《梵网经菩萨戒本》不曾有的。《梵网经菩萨戒本》“第三食肉戒”、“第二饮酒戒”、“第四食五辛戒”等等，这些在《瑜伽菩萨戒本》中是没有相应戒条的。

四、《瑜伽菩萨戒本》和《梵网经菩萨戒本》之特色

《梵网经菩萨戒本》自传入到汉地以来，就备受世人的关注。它以一切众生皆为佛性为基础，除“七逆”外，但解“法师语者”，皆可受持菩萨戒。又可对“新学菩萨”单受，还有“十无尽戒”等特点，流传至今，经久不衰，乃至对日本、韩国的佛教界产生了巨大的影响。

《瑜伽菩萨戒本》自玄奘译出后，在汉地也产生了一定的影响，但由于诸多的原因，伴随着法相宗的衰微，《瑜伽菩萨戒本》也衰弱下来。直至20世纪初，法相宗再度兴起，太虚大师也极力提倡《瑜伽菩萨戒本》，才引起了人们的注目。《瑜伽菩萨戒本》有如下之特色：

一、思想架构上。《瑜伽菩萨戒本》以摄善法戒和饶益众生戒的菩

萨二净戒为重点，并以六度和四摄为手段落实在实践中。层次分明，具有很强的针对性。

二、判罪的准则上。从自身的戒条上，四重为上品缠犯、中品缠犯，四十三轻罪为下品缠犯。开缘上分为通缘和别缘，通缘者："又一切处无违犯者；谓若及彼心增上狂乱；若重苦受之所逼切；若未曾受净戒律仪，当知一切皆无违犯。"每个戒条中又有各自的别缘；积集，依所犯次数又分上、中、下三品等等。另外，轻戒的戒条中从持戒者和所犯的对象两个方面考虑，再来判定持戒者是否犯戒，又分为"有犯有所违越，是染违犯"和"有犯有所违越，非染违犯"。

三、心理分析上。法相唯识中对有情的心理有着详细的界定，《瑜伽菩萨戒本》也有其特征，戒条中有诸多心、心所等，对持犯者和所犯对象都以心、心所为衡量的标准，从而进行准备地判罪。

四、菩提心、空性慧 、四十七学处 、六度万行。《瑜伽菩萨戒本》是在严格持好七众戒的基础之上，进而受持的菩萨戒。故此，对持戒者的发心、见地也有严格的要求，要具足菩提心，空性慧，并四十七学处为准则，深入到众生中去，并以菩萨的善巧方便，广行菩萨行，普济一切群生。

通过以上论述，我们对《瑜伽戒本》有了一个新的认识，并消除了对此戒本的一些误解。《瑜伽菩萨戒本》以细腻的心理分析，多层次的判罪准则，严格的次第等特点，对当代错综复杂的社会具有极强的现实可操作性。笔者希望进一步深入学习瑜伽菩萨戒，并广泛地推行此戒本，使大家了解《瑜伽菩萨戒本》中所体现的菩萨广大悲愿！

写作《瑜伽菩萨戒本》与《梵网菩萨戒本》之比较初探，确实深切体悟到了境界之难矣。晏同叔"欲寄彩笺无尺素，山长水阔知何处"之喟叹，柳永"拟把疏狂图一醉，对酒当歌，强乐还无味"之无奈，还有就是辛稼轩"东风夜放花千树"之追寻，都有深切的体悟。学佛之路在在难矣！

18. 调啸词·因果有则·形似旨异

——《文昌帝君阴骘文》中的因果报应和佛教因果报应（此以人天乘善法为主）之比较

胡马，胡马，远放燕支山下。跑沙跑雪独嘶，东望西望路迷。迷路，迷路，边草无穷日暮。

——韦应物

龙榆树评韦苏州，“生性高洁，所在焚香扫地而坐，惟顾况、皎然辈得与唱酬。”又，白居易曾对元稹说，“韦苏州歌行，才丽之外，深得讽谏之意。”写此文时，忽然想到韦应物这首调啸词或调笑令，细细品味，前贤诸说，真正是言简意赅。

《文昌帝君阴骘文》成书于宋元，传为文昌帝君的“天启”。“阴骘”二字，来源于《尚书·洪范》“惟天阴骘下民，相协厥居”，“阴”是默的意思，“骘”是定的意思。谓天虽不言，但于冥冥之中监督人的善恶行为而降惩罚。《文昌帝君阴骘文》中列举了古代士人行善得福的事例，说明善有善报，恶有恶报，“近报则在自已，远报则在儿孙”的因果报应，劝人行善积德。“阴骘”具有天人感应的含义，要人多积阴功阴德，为善不扬名，独处不作恶，这样就会得到文昌帝君的暗中庇护，赐予福、禄、寿。

《阴骘文》是三教思想相融合的书，开篇即为文昌帝君现身说法，接着列举了几位古代士人行善得福报的事例，说明“百福骈臻，千祥云集”都是从阴骘中得来。进一步又阐述了“因果报应”论，具有非常浓厚的中国传统善恶报应思想。文中引用了许多佛学名词，使得与佛教的“因果报应”说更加混淆，应予以厘清。

一、三世与一世

因果报应说，在印度佛教中，常被称为“业报轮回”说。随着佛法从印度传入中国，“业报轮回”说同中国固有的善恶报应观念相结合起来。佛法因果思想的介入，为中国的思想体系增添了新的动力。在佛教史上，一些固守儒家传统的文人，与佛学者围绕“因果报应”的问题，展开了激烈的争论。

首先，佛教因果通三世，例如：“我今所获此尊胜，皆由往昔积诸善业，今者宜应广植诸善，造来生因。”[①] 到东晋慧远等人发挥了业报轮回说，而称之为“三世报应”说。在他的《三报论》中有：“经说业有三报：一曰现报，二曰生报，三曰后报。现报者，善恶始于此身，即此身受。生报者，来生便受。后报者，或经二生三生，百生千生，然后乃受。”[②] 而儒家传统经典都以一生为限。《阴骘文》中“诸恶莫作，众善奉行”的目的是为了此生的“百福骈臻，千祥云集”。由于《阴骘文》中也以一生为前提，现实生活中善恶不得其报乃至相反的情况很多，就使中土固有的善恶报应说有了诸多漏洞。佛教因果思想以三世为限，就具有较强的说服力。

---

① 《大正藏》第1册，202页。

② 石峻等编：《中国佛教思想资料选编》第1卷，中华书局，1981年，87页。

二、自作自受、果不能互代（不能替代）

《阴骘文》中，列举“广种福田”、“修善修福”、“印造经文”、“拜佛念经”、“报答四恩”等等诸多行善的事例，还有生活中处理亲眷朋友的一些原则，该做些什么，或者“勿做什么”，确实让人们在日常行为中种了许多善根。

佛陀也曾告诉比丘们：“随人所作业，则受其报。”[①] 罪业和福业，就好像影之随形，随着各种因缘条件而显现出来。如《三报论》中：“受之无主，必由于心；心无定司，感事而应。”[②] 也就是说报应的主体的“心”（即识），通过对事物的感应，才能体现出来。又因为心感应事物的速度有快慢，报应也就有先后，所以所得苦乐有先、后、长、短。如《增一阿含经》中：“尔时世尊，告诸比丘：‘今有四人出现于世，云何为四？或有人先苦而后乐；或有人先乐而后苦；或有人先苦后亦苦；或有人先乐后亦乐。……若复少时作福，长时作罪，后生之时，少时受福，长时受罪……’”

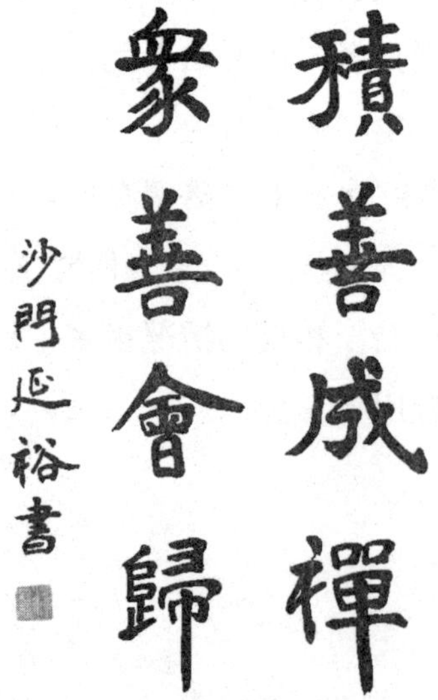

而《阴骘文》中：“近报则在自己，远报则在儿孙”，自身所作的罪业怎能累及子孙呢？恐怕与儒家所谓的“积善之家必有余庆，积不善之家必有余殃”同出一辙了吧！佛教的因果是自作自受的，“是汝自身作此恶业，今还聚集受此报也”，[③] 并且果不互代，“父作不善，子不代受；子作不善，父亦不受。”[④] 但是，父子同

① 《大正藏》第1册，433页。
② 《中国佛教思想资料选编》第1卷，87页。
③ 《大正藏》第1册，331页。
④ 《大正藏》第1册，181页。

为一家，由于共业所感，父子相互影响也是有可能性的，却不是绝对的。

三、不能将功折罪

业既已造作，必然受报。《阴骘文》中劝人作很多善业，但其中带有极重的功利心和私心，要人“常须隐恶扬善，不可口是心非”，为那些造作恶业的人，提供了一张灵符，企图去掩盖自身的丑事，或者虚伪地作些善事，为了使“永无恶曜加临，常有吉神拥护”，为自己买份廉价的“保险”，自己给自己壮胆而已。但因果不虚，罪业和福业，必定各自受报，不可能相互抵消，如《增一阿含经》中说：“如人寻其行，即受其果报；为善获其善，作恶受恶报。为恶及其善，随人之所习；如似种五谷，各获其果实。”虽然业报不能将功折罪，但可转业报、不定业报，“不故作业，我说此不必（不一定受报）”；转重为轻报，“谓有一人修身、修戒、修心、修慧，寿命极长；是谓有人作不善业，必受苦果，现法之报。彼于现法没受善，恶业报而轻微也”；[1] 有善因，可救济；行善不断等等。上述列举这么多，为的是让我们明了“业报”的真实内涵，以致破除我们作善时附带的功利心和私心。

四、消除业障

《阴骘文》中劝人向善，并要人多做善事，但对自身的恶业却避而不谈，或“隐恶”，想做些善事就可掩盖它们。不过，恶业遇到一定的外缘还会显现出来，咒术、祈祷也不能除一切苦。因此，佛教因果之说，主张自身积极地去消除业障，通过自身的努力，而去转业报。正确

① 《大正藏》第1册，434页。

的方法有如下几种：一、不造罪本而修其善，为罪改其所造，“人造极恶行，悔过转微薄；日悔无懈怠，罪根永已拔”；二、修义、修法、修福、修善、修慈，于佛法中精勤方便；三、常行诸善，作福无厌；四、忏悔；五、修戒、定、慧。这些方法都是为了改变业力生根发芽的土壤，不同程度地去消除业障。

总而言之，《阴骘文》中暴露出一些中土传统善恶思想，也有一些佛教的因果思想。我们在日常行为中，如果对两种思想分辨不清，对因果报应的自身不明了，就会出现一些盲目的行为。本文并非完全否定《阴骘文》中列举的善事，只是想通过比较分析，让我们对佛教的因果报应说更加认知，给我们一种预防和警策，使我们少造恶业，福慧增长。

19. 菩萨蛮·南传佛教的涅槃思想

平林漠漠烟如织，寒山一带伤心碧。暝色入高楼，有人楼上愁。

玉梯空伫立，宿鸟归飞急。何处是归程，长亭更短亭。

——李白

涅槃，旧译作“泥洹”，意译为“入灭”“灭度”“寂灭”“无为”。巴利语作 nibbana，梵语作 Nirvava，是由两个单词 NI 和 VANA 组成。NI 是一否定分词；VANA 是波浪或贪欲意。此贪是联结今生与后世的纽带。

一、涅槃一解

在南传佛教中，此种思想有两种意思：一是“涅槃，即远离（阿 I）所谓的贪欲和欲望”。众生只要被贪欲和执著所缚，就要造作新业，此业定会在无穷无尽的生死轮回中表现出来。当所有形式的贪欲被消除之后，具有再生能力的业力停止了运作，此人即从生死轮回中解脱，而证涅槃。佛教的解脱是从不息的生死之中获得自在，而不是仅仅摆脱罪恶和地狱。二是“涅槃也被解释为贪、嗔、痴三火的熄灭”。一方面，涅槃可以被解释为这些毒火的熄灭。但是，切不可把此涅槃误认为仅仅是此毒火的熄灭，熄灭不是没有了的意思。在这里，毒火的熄灭本身就是涅槃的获证。

自由来往于世间出世间的阿罗汉，无法用世间语言准确地向世人解说出世之法，世俗之人也不可能依世间之智觉悟出世之法。事实上，涅槃作为一精神获证之果，无可置疑地证明了涅槃非空无。如果涅槃是空无的话，佛陀肯定不会用如下这些词语来形容它：无界（anaota），无为（asamkhata），不可思议（anupameya），圆满（anuttara），至高无上（para），究竟（para），至善皈依处（parayana），安隐（tana），平安（khema），快乐（siva），一真（kevala），无所（anataya），不灭（akkhara），绝对的清静（v6suddho），出世界（lokuttara），不死（a-mah），解脱（mutti），安乐（santi）。

因此，佛法中的涅槃，既非非有，亦非断灭，可以明确地说它非一物，不可圆满地以世俗之言准确无误地说它是何物，其唯有自证。此生即证涅槃为有余涅槃；阿罗汉毁身后，证究竟涅槃，无物质残余的存在，名无余涅槃。许多典籍大篇地引用阐述了有余涅槃和无余涅槃。事实上，此二非二，实为同一，是因生前或死后所得而异名。如果修学者自己有足够的修证，即可今生成就涅槃。佛陀和阿罗汉所悟证的涅槃为出世之法，它是非因缘所生。故尔，它不在生有、变化和消失之内。它非生、非老、非死。严格讲来，涅槃既不是因，也不是果，所以它是独一无二的。涅槃为无为之法，为不变、善美、快乐之法。涅槃之乐应该同一般的世间之乐区别开来。涅槃的乐趣不会变得无味而单调。它以平静情欲而生起，而不同于一般世间欲望满足后而有的快乐。佛陀宣说："涅槃为至乐（nibbanam - paramam - sukkam）。"此为极乐，这是因为此乐非为感官经历之乐。这是一种从生命的痛苦中获得解脱的快乐。

世界的终结，就是苦的熄灭，这就是涅槃。一个人依此六尺之身而得涅槃。涅槃不是所造，也不是有所造作之事。涅槃存在于地水火风找不到依靠之处。涅槃不是一种圣我滞留的天堂，而是一种我们可及之法（体证）。佛教不说永恒的灵魂和梦幻的自我，假设了一个强大的生命之流（santati），只要有无明和贪欲的供给，生命就会无休止地迁流下去。当一个人祛除这两种根本大缘，获证阿罗汉，在其最后涅槃时就停止了迁流。明白涅槃的最好方法，就是通过我们的如实智，体证涅槃。五种感官不可能构思涅槃。对于一般人来说，涅槃总是深奥难解。佛陀尽一切必要，详尽地对一切有情解释了通往涅槃唯一的捷径。目标在这里深隐不露。但是，成就方法绝对的明明白白。当此成就获得之时，目标也就再不被乌云遮盖，从而澄清无余。

二、获得涅槃的方法

中道（majjhima patipada）为涅槃之道。此中道远离削弱智性的极端自我苦行，以及阻碍道德进步的极端自我纵欲。此中道由以下八个内容组成：正见、正思维、正语、正业、正命、正精进、正念和正定。第一、第二被分类为智慧（panna），第三至第六为戒（sila），最后三个为禅定（samadhi）。根据发展的顺序，戒、定、慧是通往涅槃大道的三个阶段。诚实、可信、正直是一个人正见的特性。这种人努力戒除一切公开和秘密形式的偷盗；戒除贬低高贵人性的邪淫，尽力做到纯洁和忠贞；远离妄语、恶语、两舌和绮语，只说真实、甜蜜、善良和有益之语。因为有些酒类和药品促使人丧失正念，心智弥散，故应远离饮酒，永不放逸，澄清见识。这些严明行为的基本准则是一个人实践通往涅槃之道的根本，它们旨在把握言行。这些言行的违犯就会带来障碍，妨碍一个人在正道上的道德进步。遵循这些规范则意味着沿着正道顺利稳步地前进。学佛者逐步向更高层次道德前进，努力把关好自己的感官。体证涅槃并不是绝对需要隐居静处，以苦行为生。比丘的生活毫无疑问加快和促进了精神的进步，但是即使是在家居士也可以获证圣果。有好多在家居士没有抛弃世间生活，而获证涅槃。其中，最为虔诚、最为慷慨的在家信徒给孤独为斯陀含果，释迦族的大名为一来果，陶工甘提柯罗为不还果，净饭王死时证阿罗汉果。

比丘要遵守四种更高层次的道德，即：

波罗提木叉——根本道德之典，比丘要遵守的各种各样的戒条。

有关心智训练方面的戒律——Indriyasamvira sila。

有关纯洁生活之道的戒律——Ajivaparisuddhi sila。

有关利用生活必需品的戒律——Paccayasanisita sila。

此四种戒律被共称为净戒（sila - visuddhi），是涅槃之道上七个清净阶段的第一步。打好了坚实的道德基础，求道者便开始了更高层次的禅定修习，对自己的意识加以控制和培训。这是清净之道的第二个阶段。

三摩地就是制心一处，意识高度集中于一物之上，彻底断除其他任何一物。根据佛教，因个人的根性不同，共有四十三摩地业处。它们是：

1. 十遍处（kasinas）——地遍、水遍、火遍、风遍、青遍、黄遍、赤遍、白遍、虚空遍、光明遍。

2. 十不净（asubha）——即尸体的十种相：膨胀相、青瘀相、脓烂相、断坏相、食残相、散乱相、斩斫离散相、血涂相、虫聚相、骸骨相。

3. 十随念（anussati）——佛随念、法随念、僧随念、戒随念、舍随念、天随念、寂止随、，死随念、身随念、阿那阿波那（出入息念）。

4. 四无量或四梵住（brahmavihara）——慈、悲、喜、舍。

5. 一想——食厌想（ahare patikkulasanna）。

6. 四差别（catudhatuvavatthana）——地、水、火、风四大之差别。

7. 四无色界禅那——即：空无边处、识无边处、无所有处、非想非非想处。

不同根机之人有相应的禅法。

根据经典，十不净和身至念（如三十二个部位）为多贪众生宜修法门，因为这些趋于产生对身的厌恶，由此而对感官的迷恋生起反作用。

绝大多数众生适宜修行四无量和四种色法订。

佛随念以及其他适合于信仰虔诚之众生。寂止随念和死随念、食厌想、四大差别，适合于理智性众生修习。其余法门，主要有佛随念、慈爱观、至身念和死随念，适应于一切众生，无论其根性怎样。

涅槃是烦恼（kilesa）的彻底终结，但是语言却无法表达此最高境界的真实本性。这可能是最为妥当的结论。从形而上学的观点来看，涅槃是痛苦的究竟解脱；从心理学角度来说，涅槃是对自我的去除；从道德观念来说，涅槃是贪嗔痴的熄灭。

太白曰，"何处是归程，长亭更短亭"，确乎如此。涅槃也是一个不断的、渐进的过程。

20. 如梦令·菩提道次第中的“布施观”

学道非难非易，怎敢已而不已。专下死功夫，悟得长生活计。长生活计，收得精光神气。

——无名氏

布施，梵语 dhāna，意译为财施、施颂、施。以己财事分散与他，称为布；惙己惠人，称为施。原为佛陀劝导优婆塞等之行法，其本义乃以衣、食等物施与大德及贫穷者，以破除个人的吝啬与贪心，以免未来世的贫困；大乘则与大慈大悲的教义联系，用于超度众生，是为他人造福成智而求得积累功德，以至解脱的一种修行办法。

无名氏所谓“专下死功夫，悟得长生活计，收得精光神气”，堪谓世间说法，也是很贴切的。

根据布施行为的内容、态度、目的等不同，而有种种的分类：

向人宣说正法，令得功德称为法施。法施又分为两种：劝生于人天之说教，称为世间法施；而劝人成佛之佛法，称为出世间法施。

使人离开种种恐怖，称为无畏施。

布施若以远离贪心与期开悟为目的，则称为清净施。反之，为不清净施。等等。[①] 此外，布施与布施波罗蜜也有区别，可在《优婆塞经》中

① 宽忍主编：《佛学辞典》，中国国际广播出版社，1993 年，317～318 页。

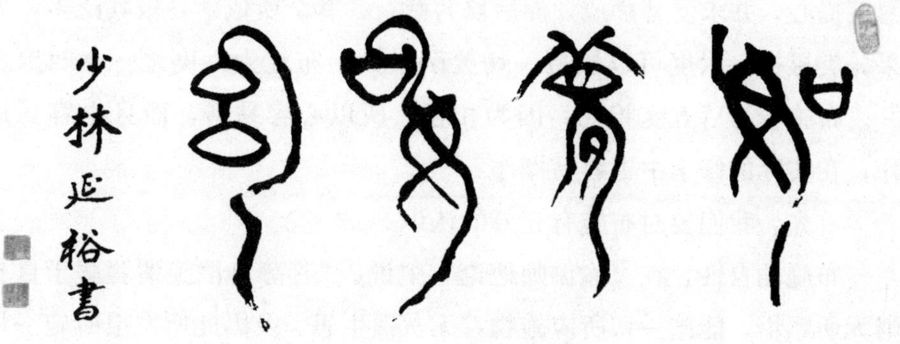

知："善男子，是施，非波罗蜜者。声闻、缘觉、一切凡夫、外道异见，菩萨初二阿僧祇劫，所行施。……是惠施，亦波罗蜜者，菩萨第三阿僧祇劫，所行施是。"① 二者的区别就很明了了。如上所述，布施有如此多的内涵和外延，使我们不易理清头绪。而宗喀巴大师在《菩提道次第略论》中为我们一开显了殊胜的布施观，并且具有很强的现实操作性。

在谈布施的自性前，有必要先弄明白什么是"六度"和"四摄"。

"六度"是梵文的意译，又有"六度无极"、"六到彼岸"。梵汉并译，作"六波罗密"，或"六波罗密多"，指六种从生死此岸到达涅槃彼岸的方法和途径，向为大乘佛教修习的主要内容。包括布施（檀那）、持戒（尸罗）、忍（羼提）、精进（毗梨耶）、定（禅那）和智慧（般若）。

"四摄"详称"四摄法"、"四摄事"、"四事摄法"，指菩萨为摄受众生，使生亲爱之心，皈依佛道而应做的四件事。《大品般若经》卷十三载，计有：布施摄，若众生乐财则施财，爱乐佛法则施佛法；爱语摄，随众生的根性善言慰喻；利行摄，作利益众生的种种事；同事摄，与众生同处，随机教化。

一、布施的自性

经历共下士道和共中士道的修行后，开始进入上士道的修学，发起

① 《优婆塞经》卷二，香港佛经流通处，1976年敬印，37页。

愿菩提心，并求受菩萨戒，而后修菩萨行。菩萨所依学处极其泛多，如果分类摄持，六度可以摄持一切菩萨学处。布施为六度之一，四摄之一。布施较与后五度相比，因为相粗，所以心容易转，而且也容易运作，在实际的修学中更容易操作。

首先，我们要对布施有充分的认识。

布施的自性，在《瑜伽师地论》中说："菩萨自性施谓菩萨于自身财无所顾惜，能施一切所应施物，无贪俱生思。及因此所发报所施一切无罪施物，身语二业安住律义，阿笈摩见，定有果见，随所希求，即以此物而惠施。"① 施度圆满须具四相，即无悭吝施、空性施、随他意施、依他根器成熟施。宗喀巴大师在此中强调，并一定、非把财物施舍给众生，使他们完全脱离贫困和执著，并且将施物时的舍心修习圆满。不然，往昔的三世诸佛何不将受苦众生度尽呢？《入菩萨行》中有说："若除众生贫，始圆施度者，今犹见饥贫。昔佛云何成？心乐与众生，身财及果德；依此施度圆；故施唯依心。"② 可见，此处真正的涵义是修菩萨行者，身体的行动、语言等等这一切布施，使破除自身的悭贪和执著，至心施舍于对象，并且将布施所得果报也同样施舍于对象，注重将心修到圆满。这样就可将施度圆满。

二、布施的差别

布施因人而有所不同，在家菩萨以财施为主，出家菩萨以法施为主。《菩萨善戒经》中："在家菩萨修集二施：一者法施，二者财施；出家菩萨修四施：一者笔施，二者墨施，三者经施，四者说法施。"③《中阿含经》中也有："世尊为居士说颂曰：'世中学、无学，可尊可奉敬，

① 《瑜伽师地论》卷1，佛陀教育基金会敬印，1666页。

② 如石注释：《入菩萨行译注》第五品护正知，东方文化艺术节研究所，1996年，217页。

③ 《大正藏》第30册，《菩萨善戒经》卷一，960页。

彼能正其身，口意亦复然，居士是良田，施彼得大福。'"①

此中的密意是出家众也不是绝对不用财施，而是偏重于法施。如果出家众也侧重于财施，就容易障碍学修佛法。然而，要想遮止出家众求财而布施的过患，如果自身用善意去获得的财物，并没有对他人造成损害；或者是往昔福力所获得的，也必须用于财施。因为出家众如果忙忙碌碌聚集财货而去布施，持戒障碍大，而行为的意义相对来说就小一些；而在家众法施比较难，财施却较容易些，障碍也小些，却其行为的意义重大。

施自性的差别有三种，即是：一者法施，二者无畏施，三者财施（三者的基本概念，在本文第一段已经说明）。法施，此处不局限于佛法，也可向众生宣说世间的无错误方法和技巧，世间无过失的事情和行为，等等。合理地向众生教导、开示，并且使他们遵守世间的法规、法律和佛教的戒律。无畏施，使那些受人伤害的人，受非人伤害的人，受水、火伤害的人都脱离恐怖，并且受到救护。财施，施财物与他人。

三、身心生起施度的方法

正生起法前，身心必须生起摧毁悭贪和吝啬身财受用的心。

施度需戒除悭、贪。

先说所谓"悭"，是指对于财施法施悭吝的心理。《大乘广五蕴论》，"云何悭？谓施相违，心吝为性。谓于财等，生吝惜故，不能惠施，如是为悭。心遍执着利养众具，是贪之分，与无厌足所依为业。无厌足者，由悭吝故，非所用物，犹恒积聚。"

其次，所谓"贪"，意谓贪爱、贪欲。《俱舍论》卷十六，"于他财物恶欲名贪"。《成唯识论》卷六，"云何为贪？于有有具染株为性，能

① 《中阿含经·福田经》，宗教文化出版社，1999 年，520 页。

障无贪、生苦为业。”

但仅有此心仍不能圆满施度。在窥基的《百法明门解》中：“言悭者，耽着法财不能惠舍，恪为性，能障不悭，鄙畜为业。亦贪分也。”[①]因此，悭为贪一分所摄持，声闻、缘觉即是已经断尽了贪种，也不能圆满施度。因为不仅要摧毁障施的悭心，同时还必须由菩提心的摄持，生起一种至诚施舍于他人的意乐，这样才能够圆满施度。此中的意乐必须具足二因：一者修摄持的过患；二者修施舍的殊胜利益。

前者宗喀巴大师引用《月灯经》中说，身体不洁净，命好像悬岩上的水一样，身命受着业力的牵引，不能自主，虚妄得像梦幻泡影一样。因此要断除贪，如果贪未被遮止，就会随着贪心而增上，由此造作更多的恶业，这样就容易堕入恶趣。后者，宗喀巴大师又引用《集学论》中说：“如是我身心刹那去，无常有垢身，若以得无垢，菩提岂非彼，无价而获耶。”此种意思是让人看破身心而不要贪着，不要执著此身而能够舍去，则可得菩提。《入行论》中说：“舍尽则脱苦，吾心成涅槃。”[②]反之则不然。从而思维布施的殊胜利益。

正修施舍。首先，生起以身、受用、善根三者为所缘，应无爱惜于一切所有施舍给一切有情的意乐，破除我所爱，反复修习此法。《入行论》中：“为利有情敌，不吝尽施舍。身时诸受用。三世一切善。”[③]但此时应知道，因为我们现在对空性的体认还未成熟，慧力观照还很微弱。在有情方面，虽然有意乐把身体也施舍给有情，但是却不能真实地施肉。如果此时没有生起施舍身体的意乐，则以后亦不能惠施身命。因此，要从现在而修施舍身体的意乐。依据这样的结论，如果自己将衣食等物至诚地施给有情，如忘了此心，因为贪着自利，或者忘缘一切有情，或仅缘一二有情，则由无烦恼而犯。如果已经施舍给他人，并作他物想，后

① 《大乘百法明门论解》窥基，14 页。

② 如石注释：《入菩萨行译注》，192 页。

③ 同上书，191 页。

又为自利受用，满不与取的量，物品价值超过戒律规定的数目，则成为他胜罪；如果已经施给他人，并作他物想，而后为自利受用，如观想为他作事而受用物，则不犯他胜罪。菩萨惠施，用心观想成许多物，变化而施舍，通达空性（施者、受者、施物等三者皆空，不存在任何执著，又名三轮体空）而布施给有情，用少量的功力能够增加无量的福德资粮。《瑜伽师地论》中："诸菩萨内居闲静，由净意乐淳厚净信分别胜解。数数缘念种种上妙无量财宝，以胜解力，于诸众生乐行惠施。由此因缘是诸菩萨，以少功用生无量福。"①

菩萨行施度时，即摄六度而修学。菩萨行施时，将布施的功德回向给受者；正行施时，不忘戒学，远离垢罪；正行施时，能忍他害；正行施时，增长施的善根，精进欲乐不懈；正行施时，施的善根不染二乘欲乐，一心回向正等菩提；正行施时，知三轮体空。布施具六义度，它们的力量很大。总之，菩萨行施，能够远离声闻、缘觉的自私自利，对一切种智的殊胜了解，能忍他辱他骂，令其增长而发起精进欲乐，于不染小乘定乐，一心向正等菩提，观察施者、受者，施物皆空无自性。

总括而言，布施的内容十分丰富，对于学修者来说，不易把握。宗喀巴大师从布施的自性、布施的差别、身心生起的方法这三方面，开示了上士道修施度的方法。首先，强调了施心的重要性；其次，纠正了我们日常修布施时的一些偏解，显示了其中的密意；再次，指出了修不同种类的布施。结合生起的方法时，针对不同的情况，大师用智能取舍其中的长短，化解其中的矛盾。揭示布施时，同时摄持六度的密意，对我们的实际修行具有很强的指导作用。

所以，清醒的认知是圆满施度的前提。这就是施度非难非易，怎敢已而不已。专下死功夫，悟得悭贪毒意，收得精光神气。

---

① 《瑜伽师地论》卷39，1695页。

21. 庆金枝·菩提心的殊胜

莫惜金缕衣，劝君惜，少年时。花开堪折直须折，莫待折空枝。

一朝杜宇才鸣后，便从此，歇芳菲。有花有酒且开眉，莫待满头丝。

——无名氏

对于唐代无名氏《金缕衣》，人们大多耳熟能详，“劝君莫惜金缕衣，劝君惜取少年时。花开堪折直须折，莫待无花空折枝。”殊不知，另有无名氏之《庆金枝》一样有名。并且，下阙更为动人，全然在“便从此，歇芳菲”。

另则，多有人以为此诗乃劝人及时行乐。其实，窃以为，倒是教人奋进。便是一个“花”字的释义。

却不知，花非花矣。

如是，有如下《般若部》读书笔记。

一、菩提心的殊胜

1. 复次须菩提。若三千大千国土中众生皆发阿耨多罗三藐三菩提心。十方如恒河沙等国土中一一众生。如恒河沙等劫。恭敬尊重赞叹供养是菩萨。衣服饮食卧具医药供给所须。于须菩提意云何。是善男子善女人是因缘故得福多不。甚多世尊。无量无边阿僧祇不可以譬喻为比世尊。若是福德有形者。十方如恒河沙等国土所不受。

2. 是善男子善女人皆一心和合。魔若魔民不能沮坏阿耨多罗三藐三菩提心。何况恶行人毁呰行深般若波罗蜜者。能坏其阿耨多罗三藐三菩提心。舍利弗。是求菩萨道诸善男子善人。闻是深般若波罗蜜得大法喜法乐。亦立多人于善根为阿耨多罗三藐三菩提。是善男子善女人于我前立誓愿。我行菩萨道时当度无数百千万亿众生。令发阿耨多罗三藐三菩提心示教利喜。乃至阿惟越致地受记。（《般若部 T8》p. 317. 3 ～ p. 318. 2）

3. 世尊。是诸菩萨摩诃萨能如说行深般若波罗蜜。一切世间天及人阿修罗应当为作礼。佛告须菩提。如是如是。菩萨摩诃萨能如说行般若波罗蜜。一切世间天及人阿修罗应当为作礼。世尊。是初发意菩萨摩诃萨为众生故求阿耨多罗三藐三菩提。得几所福德。佛告须菩提。若千世界中众生皆发声闻辟支佛意。于汝意云何其福多不。须菩提言。甚多无量。佛告须菩提。其福不如初发意菩萨摩诃萨百倍千倍巨亿万倍。乃至算数譬喻所不能及。何以故。发声闻辟支佛意者。皆因菩萨出故。菩萨终不因声闻辟支佛出二千世界三千大千世界中亦如是。置是三千大千世界中发意求声闻辟支佛者。若三千大千世界中众生皆住干慧地其福多不。须菩提言。甚多无量。佛言。（《般若部 T8》p. 377. 2）

4. 一切菩萨生于此心即是阿耨多罗三藐三菩提心。若无此心则无有佛。无佛无法无法无僧。由此心故得有三宝及以天人。菩萨摩诃萨常离谄曲质直柔和。其心清净不疑佛法。欲听受者不秘深义。离法嫉妒远三涂业。于初中后无有异相。行不违言护持大乘。见同学者则生恭敬。劝他修习赞叹大乘。于说法师常生佛想。近善知识远离恶友。大王。菩萨摩诃萨。修般若波罗蜜。如是成就菩提之心。因由此心得宿命智。何以故。已曾供养无量诸佛。护持正法修清净戒。远离恶业障碍永无。心常欢喜心勤修学。心不散乱心智不失。(《般若部 T8》p. 696. 2)

二、什么是菩提心

1. 所谓发菩提心。即为大善巧方便广供养一切诸佛。救护众生。即为大善巧方便广供养一切诸佛。住持正法。即为大善巧方便广供养一切诸佛。(《般若部 T8》p. 777. 2)

2. 所谓发菩提心。即成广大供养一切如来。救护一切有情。即成广大供养一切如来。住持妙法。即成广大供养一切如来。乃至书写受持读诵。正念思惟供养般若波罗蜜多。即成广大供养一切如来。佛说如是真净供养甚深理。(《般若部 T8》p. 780. 1)

三、菩提心具有的特征

1. 世尊。是阿耨多罗三藐三菩提心。无等等心。不共声闻辟支佛心。何以故。是一切智心无漏不系故。是一切智心无漏不系中亦不着。以是因缘故名摩诃萨。舍利弗语须菩提。何等为菩萨摩诃萨无等等心。不共声闻辟支佛心。须菩提言。菩萨摩诃萨从初发意以来。终不见法有生有灭。有增有减有垢有净。舍利弗。若法无生无灭。乃至无垢无净。是中无声闻心无辟支佛心。无阿耨多罗三藐三菩提心无佛心。舍利弗。是名菩萨摩诃萨无等等心。不共声闻辟支佛心。舍利弗语须菩提。如须菩提说。一切智心无漏心不系心中亦不着。须菩提。色亦不着。受想行识亦不着。四念处亦不着。乃至十八不共法亦不着。(《般若部 T8》p. 244. 2 ~ p. 244. 3)

2. 佛告须菩提。诸菩萨摩诃萨发阿耨多罗三藐三菩提心安隐多众生。令无量众生得乐。怜愍饶益诸天人故。是诸菩萨行菩萨道时。以四事摄无量百千众生。所谓布施爱语利益同事。亦以十善道成就众生。自行初禅亦教他人令行初禅。乃至自行非有想非无想处。亦教他人令行乃至非有想非无想处。自行檀那波罗蜜亦教他人令行檀那波罗蜜。自行尸罗波罗蜜亦教他人令行尸罗波罗蜜。自行羼提波罗蜜亦教他人令行羼提波罗蜜。自行毘梨耶波罗蜜亦教他人令行毘梨耶波罗蜜。自行禅那波罗蜜亦教他人令行禅那波罗。(《般若部 T8》p. 315. 2 ～ p. 315. 3)

3. 四禅寂静三摩地。

出彼寂静三摩地　而入欲界为世间
若菩萨行三摩地　不乐罗汉及缘觉
乃至散乱凶恶心　无知迷乱无功德
色声香味触五欲　及彼缘觉声闻等
如是之法悉远离　等引不离菩提心
菩萨一向为众生　修行精进波罗蜜
由如奴仆事其主　利于众生亦如是
如仆事主心专注　虽被瞋辱而无对
凡所动止常在心　唯恐彼主责其过
菩萨为求佛菩提　如奴事主利众生

(《般若部 T8》p. 683. 2 ～ p. 683. 3)

4. 诸天子发阿耨多罗三藐三菩提心。欲救护一切众生。不舍一切众生。安乐一切众生故。(《般若部 T8》p. 289. 2 ～ p. 289. 3)

四、为什么要发菩提心

诸菩萨摩诃萨为安隐世间故。发阿耨多罗三藐三菩提心。为乐世间故为救世间故。为世间归故为世间依处故。为世间洲故为世间究竟道故。为世间将导故为世间趣故。发阿耨多罗三藐三菩提心。须菩提。云何菩萨摩诃萨为安隐世间故。发阿耨多罗三藐三菩提心。须菩提。菩萨摩诃萨得阿耨多罗三藐三菩提时。拔出六道众生着无畏岸涅槃处。须菩提。是为菩萨摩诃萨为安隐世间故发阿耨多罗三藐三菩提心。云何菩萨摩诃萨为乐世间故。发阿耨多罗三藐三菩提心。须菩提。菩萨摩诃萨得阿耨多罗三藐三菩提时。拔出众生种种忧苦愁恼。着无畏岸涅槃处。须菩提。是为菩萨摩诃萨为乐世间故发阿耨多罗三藐三菩提心。云何菩萨摩诃萨为救世间故。发阿耨多罗三藐三菩提心。须菩提。菩萨摩诃萨得阿耨多罗三藐三菩提时。救众生生死中种种苦。亦为断是苦故而为说法。众生闻法渐以三乘而得度脱。须菩提。是为菩萨摩诃萨为救世间故发阿耨多罗三藐三菩提心。云何菩萨摩诃萨为世间归故。发阿耨多罗三藐三菩提心。须菩提。菩萨摩诃萨得阿耨多罗三藐三菩提时。拔出众生生老病死相忧悲愁恼法。着无畏岸涅槃处。须菩提。是为菩萨摩诃萨为世间归故发阿耨多罗三藐三菩提心。云何菩萨摩诃萨为世间依处故。发阿耨多罗三藐三菩提心。须菩提。菩萨摩诃萨得阿耨多罗三藐三菩提时。为众生说一切法无依处。须菩提。是为菩萨摩诃萨为世间依处故发阿耨多罗三藐三菩提心。须菩提白佛言。世尊。云何一切法无依处。佛言。色不相续即是色无生。色无生即是色不灭。色无灭即是色无依处。受想行识乃至一切种智亦如是。须菩提。是为菩萨摩诃萨为世间依处故发阿耨多罗三藐三菩提心。云何菩萨摩诃萨为世间究竟道故。发阿耨多罗三藐三菩提心。须菩提。菩萨摩诃萨得阿耨多罗三藐三菩提时。为众生说如是法。色究竟相非是色。受想行识乃至一切种智究竟相非是一切种智。须菩提。如究竟相一切法相亦如是。须菩提言。世尊。若一切法相如究竟相者。云何诸菩萨摩诃萨皆应得阿耨多罗三藐三菩提。何以故。世尊。色究竟相中无有分别。受想行识究竟相中无有分别。乃至一切种智究竟相中无有分别。所谓是色是受想行识。乃至是一切种智。佛告须菩提。如是如是。色究竟相中无有分别。受想行识乃至一切种智究竟相中无有分别。所谓是色乃至是一切种智。须菩提。是为菩萨摩诃萨难事。如是观诸法寂灭相而心不没不却。何以故。菩萨摩诃萨作是念。

是诸深法我应如是知得阿耨多罗三藐三菩提。如是寂灭微妙法当为众生说。是为菩萨摩诃萨为世间究竟道故发阿耨多罗三藐三菩提心。云何菩萨摩诃萨为世间洲故。发阿耨多罗三藐三菩提心。须菩提。譬如江河大海四边水断是名为洲。须菩提。色亦如是前后际断。受想行识前后际断。乃至一切种智前后际断。以是前后际断故一切法亦断。须菩提。是一切法前后际断故。即是寂灭即是妙宝。所谓空无所得爱尽无余离欲涅槃。须菩提。若菩萨摩诃萨得阿耨多罗三藐三菩提时。以寂灭微妙法为众生说。须菩提。是为菩萨摩诃萨为世间洲故发阿耨多罗三藐三菩提心。云何菩萨摩诃萨为世间将导故。发阿耨多罗三藐三菩提心。须菩提。菩萨摩诃萨得阿耨多罗三藐三菩提时。为众生说色不生不灭不垢不净。说受想行识不生不灭不垢不净。说十二入十八界四念处乃至八圣道分四禅四无量心四无色定五神通不生不灭不垢不净。说须陀洹果乃至阿罗汉果辟支佛道不生不灭不垢不净。说佛十力乃至一切种智不生不灭不垢不净。须菩提。是为菩萨摩诃萨为世间将导故发阿耨多罗三藐三菩提心。云何菩萨摩诃萨为世间趣故。发阿耨多罗三藐三菩提心。须菩提。菩萨摩诃萨得阿耨多罗三藐三菩提时。为众生说色趣空。说受想行识趣空。乃至说一切种智趣空。为众生说色非趣非不趣。何以故。是色空相非趣非不趣。说受想行识非趣非不趣。何以故。是受想行识空相非趣非不趣。乃至一切种智非趣非不趣。何以故。是一切种智空相非趣非不趣。如是须菩提。菩萨摩诃萨为世间趣故。发阿耨多罗三藐三菩提心。何以故。一切法趣空是趣不过。何以故。空中趣不趣不可得故。须菩提。一切法趣无相是趣不过。何以故。无相中趣不趣不可得故。须菩提。一切法趣无作是趣不过。何以故。无作中趣不趣不可得故。须菩提。一切法趣无起是趣不过。何以故。无起中趣不趣不可得故。须菩提。一切法趣无所有。不生不灭不垢不净是趣不过。何以故。无所有不生不灭不垢不净中。趣不趣不可得故。须菩提。一切法趣梦是趣不过。何以故。(《般若部 T8》p. 331. 3 ～ p. 333)

五、退失菩提心的因缘

1. 善男子善女人虽有为阿耨多罗三藐三菩提心。有信有忍有净心有深心有欲有解有舍有精进不为般若波罗蜜方便力所守护。不为禅那波罗蜜毘梨耶波罗蜜羼提波罗蜜尸罗波罗蜜檀那波罗蜜所守护。不为内空乃至无法有法空四念处乃至八圣道分佛十力乃至一切种智所守护。须菩提。当知是人中道衰耗堕声闻辟支佛地。须菩提。譬如男子女人持熟瓶取水若河若井若池若泉。当知是瓶持水安隐。何以故。是瓶成熟故。如是须菩提。善男子善女人求阿耨多罗三藐三菩提。有诸信忍净心深心欲解舍精进。为般若波罗蜜方便力所护。为禅定精进忍辱持戒布施乃至一切种智所护故。须菩提。当知是人不中道衰耗过声闻辟支佛地。能净佛国土成就众生得阿耨多罗三藐三菩提。须菩提。譬如大海边船未装治。便持财物着上。须菩提。当知是船中道坏没。人船财物各在一处。是贾客无方便力故亡其重宝。如是须菩提。是求佛道善男子善女人。虽有为阿耨多罗三藐三菩提心。有信忍净心深心欲解舍精进。不为般若波罗蜜方便力所守护。乃至不为一切种智所守护故。当知是人中道衰耗失大珍宝。大珍宝者所谓一切种智衰耗者堕声闻辟支佛地。须菩提。譬如人有智方便装治海边大船然后推着水中。持财物着上上船而去。当知是船不中道没坏。必得安隐到所至处。如是须菩提。善男子善女人为阿耨多罗三藐三菩提有信忍净心深心欲解舍精进。为般波罗蜜方便力所守护。为禅定精进忍辱持戒布施乃至一切种智所护故。当知是菩萨得到阿耨多罗三藐三菩提。中道堕声闻辟支佛地。须菩提。譬如有人年百二十岁年耆根熟。又有风冷热病若杂病。须菩提。于汝意云何。是人能从床起不。须菩提言。不能。佛言。是人或有起者云何。须菩提言。是人虽能起不能远行若十里若二十里。以其老病故。如是须菩提。善男子善女人虽有为阿耨多罗三藐三菩提心有信忍净心深心欲解舍精进不为般若波罗蜜方便力所守护。乃至不为一切种智守护故。当知是人中道堕声闻辟支佛地。何以故。不为般若波罗蜜方便力所守护故。须菩提。如向老人百二十岁年耆根熟。又有风冷热病若杂病。是人而欲起行有两健人各扶一掖。语老人言。莫有所难随所欲至我等二人终不相舍。如是须菩提。若善男子善女人为阿耨多罗三藐三菩提。有信忍净心深心欲解舍精进。为般若波罗蜜方便力所护。乃至为一切种智所护。当知是人不中道堕声闻辟支佛地能到是处。所谓阿耨多罗三藐三菩提。尔时佛复赞须菩提言。善哉。(《般若部 T8》p. 330. 1 ～ p. 330. 3)

2. 此皆是发意求佛道菩萨。今皆住阿罗汉地。是辈尚不能得阿耨多罗三藐三菩提。汝云何能得。若菩萨摩诃萨即作是念。此是恶魔说似道行。菩萨摩诃萨行般若波罗蜜。不应转阿耨多罗三藐三菩提心。亦不应堕声闻辟支佛道中。复作是念。行檀那波罗蜜尸罗波罗蜜羼提波罗蜜毘梨耶波罗蜜禅那波罗蜜般若波罗蜜乃至一切种智。不得阿耨多罗三藐三菩提无有是处。须菩提。以是行类相貌。当知是名阿惟越致菩萨摩诃萨。复次须菩提。菩萨摩诃萨作是念。若菩萨能如佛所说。不远离般若波罗蜜心乃至一切种智。是菩萨终不退阿耨多罗三藐三菩提若菩萨觉知魔事。亦不失阿耨多罗三藐三菩提。以是行类相貌。当知是阿惟越致菩萨摩诃萨相。须菩提白佛言。世尊。于何法转名为不转。佛言。于色相转于受想行识相邪见相四念处相。乃至声闻辟支佛相。(《般若部 T8》p. 341. 1)

六、菩提心的抉择

1. 我是心回向阿耨多罗三藐三菩提。是生心缘事。若善男子。取相回向阿耨多罗三藐三菩提。如所念可得不。弥勒菩萨语须菩提。是善男子行菩萨乘回向阿耨多罗三藐三菩提心是缘事。若善男子。取相不得如所念。须菩提语弥勒菩萨。若诸缘诸事无所有。是善男子行菩萨乘者。取相于十方诸佛诸善根。从初发心乃至法尽。及声闻诸善根。学无学善根。一切和合随喜功德。回向阿耨多罗三藐三菩提。以无相故。是菩萨将无颠倒。无常谓常。想颠倒心颠倒见颠菩萨不着是回向。亦不见以诸善根回向菩提心处。是名菩萨摩诃萨无上回向。菩萨不着是回向。亦不见以诸善根回向菩提心处。是名菩萨摩诃萨无上回向。

2. 佛是福田我应供养。禽兽非福田不应供养。是非菩萨法。何以故。菩萨诃萨发阿耨多罗三藐三菩提心。不作是念。是众生应以布施饶益。是不应布施是众生。布施因缘故。生刹利大姓婆罗门姓居士大家。乃至以是布施因缘。以三乘法度之令入无余涅槃。若众生来从菩萨乞。亦不生异心分别应与是不应与是。何以故。是菩萨为是众生故。发阿耨多罗三藐三菩提心。若分别简择。便堕诸佛菩萨辟支佛学无学人。一切世间天及人呵责处。谁请汝救一切众生。汝为一切众生舍。一切众生护。一切众生依。而分别简择应罗蜜时。若人若非人。来欲求乞菩萨身体支节。是时不应生二心若与若不与。何以故。是菩萨摩诃萨为众生故受身。众生来取何可不与。我以饶益众生故受是身。众生不乞自应与之。何况乞而不与。菩萨摩诃萨行般若波罗蜜应如是学。复次须菩提。若菩萨摩诃萨见有乞者应生是念。是中谁与受所施何物。是一切法自性皆不可得。以毕竟空故。空相法无与无夺。何以故。毕竟空故。内空外空内外空大空第一义空自相空故。住是诸空布施。是时具足檀那波罗蜜。具足檀那波罗蜜故。(《般若部 T8》p. 393. 1 ～ p. 393. 2)

3. 须菩提。是名法住相。是中无法无聚无散无增无减。无生无灭无垢无净。是为诸法相。菩萨摩诃萨住是中发阿耨多罗三藐三菩提心。不见法有所发。无发无住是名法住相。是菩萨摩诃萨行般若波罗蜜时。见一切法性空。不转阿耨多罗三藐三菩提。何以故。是菩萨不见有法能障碍。当何处生疑。是名阿耨多罗三藐三菩提性空。不得众生。不得我不得人。不得寿不得命。乃至不得知者见者。性空中色不可得。受想行识不可得。乃至八十随形好不可得。

须菩提。譬如佛化作四众比丘比丘尼优婆塞优婆夷。常为是诸众说法千万亿劫不断。佛告须菩提。是诸化众。当得须陀洹果斯陀含果阿那含果阿罗汉果。得阿耨多罗三藐三菩提记不。须菩提言。不也世尊。何以故。是诸化众。无有根本实事故。一切诸法性空亦无根本实事。何等是众生。得须陀洹果乃至阿罗汉果。得阿耨多罗三藐三菩提记。须菩提。菩萨摩诃萨亦如是。为众说性空法。是众生实不可得。以众生堕颠倒故。拔众生令住不颠倒。颠倒即是。(《般若部 T8》p. 402. 3)

4. 尔时帝释天主白佛言。世尊。当为何等人解说此般若波罗蜜多。佛告帝释天主言。若有善男子善女人。于此般若波罗蜜多不能了知者当为彼说。何以故。憍尸迦。未来世中当有人说相似般若波罗蜜多。若有善男子善女人。为欲趣证阿耨多罗三藐三菩提者。闻是相似般波罗蜜多于中学者。则为错乱非正了知。帝释天主白佛言。世尊。未来世中云何说彼相似般若波罗蜜多。又复云何悉能辩了。佛告帝释天主言。憍尸迦。未来世中有诸苾刍。作如是说。色是无常。若身若心及戒定慧。悉无所有离诸所观。作是说者。当知是说相似般若波罗蜜多。憍尸迦。云何名为相似般若波罗蜜多。彼作是说。坏色故观色无常。坏受想行识故观受想行识无常。若如是求是为行般若波罗蜜多。憍尸迦。当知此说皆得名为相似般若波罗蜜多。憍尸迦。汝今当知不坏色故观色无常。不坏受想行识故观受想行识无常。作是说者。是为如实宣说般若波罗蜜多。憍尸迦。以是义故。《般若部 T8》p. 604 ～ p. 606. 2)

5. 尔时帝释天主白尊者须菩提言。以何缘故菩萨得福蕴名为着相。须菩提言。憍尸迦。若初发心菩萨以心分别此是菩提心。即以发心。善根回向阿耨多罗三藐三菩提。若能回向即不名回向。如是分别乃为着相。憍尸迦。若有菩萨欲令诸善男子善女人安住菩萨乘者。应于阿耨多罗三藐三菩提。以真实法如理表示如实教授如所利益如理生喜。(《般若部 T8》p. 616. 3)

6. 布施持戒观照行。

不及菩萨发一心　随喜福蕴之少分
所有俱胝那由他　无边佛刹千俱胝
过去现在佛说此　法宝为断一切苦
先发最上菩提心　至成正觉及入灭
彼量所有佛功德　咸成方便波罗蜜
及彼声闻学无学　有漏无漏诸善法
菩萨等一普回施　当为世间证菩提
菩萨施已不住心　住心即名众生相
有见有念名著相　非是菩萨之回施
如是施非无相施　是法当知有灭尽
若作非法非施心　乃可得名为回施
作有相施非真施　无相回施证菩提

（《般若部 T8》p. 678. 2 ～ p. 678. 3）

7. 当从般若波罗蜜。

如是一切诸佛法　功德皆从善友得
修行六度般若行　一一回施于菩提
佛蕴非有不可求　勿为初地如是说
菩萨修行功德海　救度世间无度者
求菩提意离颠倒　说最上法如电光
发于最上菩提心　不求名称不瞋恚
离蕴识界及三乘　不退不动不可取
于如是法得无碍　达甚深理离妄想
闻般若信及化他　知此菩萨住不退
彼甚深法佛难知　无有人得不可得
为利益故证菩提　此非初心众生知
众生愚痴复盲冥　乐住世间求境界
法无所住无取得　从无所住生世间

（《般若部 T8》p. 680. 2）

8. 佛告须菩提。菩萨发阿耨多罗三藐三菩提心者。当生如是心。我应灭度一切众生令入无余涅槃界。如是灭度一切众生已。而无一众生实灭度者。何以故。须菩提。若菩萨有众生相人相寿者相。则非菩萨。何以故。须菩提。实无有法名为菩萨发阿耨多罗三藐三菩提心者。须菩提。于意云何。如来于燃灯佛所。有法得阿耨多罗三藐三菩提不。须菩提白佛言。不也世尊。如我解佛所说义。佛于燃灯佛所。无有法得阿耨多罗三藐三菩提。佛言。如是如是。须菩提。实无有法如来于燃灯佛所得阿耨多罗三藐三菩提。须菩提。若有法如来得阿耨多罗三藐三菩提者。燃灯佛则不与我受记。汝于来世当得作佛号释迦牟尼。以实无有法得阿耨多罗三藐三菩提。是故燃灯佛与我受记。作如是言。摩那婆。汝于来世当得作佛号释迦牟尼。何以故。须菩提。言如来者即实真如。须菩提。若有人言如来得阿耨多罗三藐三菩提。（《般若部 T8》p. 755. 1 ～ p. 755. 2）

9. 诸天子若入声闻正位。是人不能发阿耨多罗三藐三菩提心。何以故。与生死作障隔故。是人若发阿耨多罗三藐三菩提心者我亦随喜。所以者何。上人应更求上法。我终不断其功德。憍尸迦。何等是般若波罗蜜。菩萨摩诃萨应萨婆若心。念色无常念色苦念色空念色无我。念色如病如败痈疮。如箭入身痛恼衰坏忧畏不安。以无所得故。受想行识亦如是。眼耳鼻舌身意。地种水火风空识种。观无常乃至忧畏不安。是亦无所得故。观色寂灭离不生不灭不垢不净。受想行识亦如是。观地种乃至识种寂灭离不生不灭不垢不净亦无所得故。复次憍尸迦。菩萨摩诃萨应萨婆若心。观无明缘诸行。（《般若部 T8》p. 273. 2 ～ p. 273. 3）

七、菩提心的实践

1. 复次憍尸迦。菩萨摩诃萨行般若波罗蜜时。作是观。但诸法诸法共相因缘润益增长分别校计。是中无我无我所。菩萨回向心不在阿耨多罗三藐三菩提心中。阿耨多罗三藐三菩提心不在回向心中。回向心于阿耨多罗三藐三菩提心中不可得。阿耨多罗三藐三菩提心于回向心中不可得。菩萨虽观一切法亦无法可得。是名菩萨摩诃萨般若波罗蜜。释提桓因问大德须菩提云何菩萨回向心不在阿耨多罗三藐三菩提心中。云何阿耨多罗三藐三菩提心不在回向心中。云何回向心于阿耨多罗三藐三菩提心中不可得。云何阿耨多罗三藐三菩提心于回向心中不可得。须菩提语释提桓因言。憍尸迦。回向心阿耨多罗三藐三菩提心。非心是非心相。非心相中不可回向。是非心相常非心相。不可思议相常不可思议相。是名菩萨摩诃萨般若波罗蜜。尔时佛赞须菩提言。善哉善哉。须菩提。汝为诸菩萨摩诃萨说般若波罗蜜。（《般若部 T8》p. 273. 3 ～ p. 274. 1）

2. 憍尸迦。亦少所人断三结得须陀洹。断三结亦淫瞋痴薄得斯陀含。断五下分结得阿那含。断五上分结得阿罗汉。少所人求辟支佛。于是中亦少所人发阿耨多罗三藐三菩提心。于发心中亦少所人行菩萨道。何以故。是众生前世不见佛不闻法不供养比丘僧。不布施不持戒不忍辱不精进不禅定不智慧。不闻内空外空。乃至无法有法空亦不闻不修四念处。乃至十八不共法亦不闻不修诸三昧门诸陀罗尼门。亦不修一切智一切种智。憍尸迦。以是因缘故。

当知少所众生信佛不坏信法不坏信僧不坏。乃至少所众生。求辟支佛道。于是中少所众生发阿耨多罗三藐三菩提心。于发心中少所众生行菩萨道。于是中亦少所众生得阿耨多罗三藐三菩提。（《般若部 T8》p. 284. 2 ～ p. 284. 3）

3. 善男子善女人发心求阿耨多罗三藐三菩提者。应闻般若波罗蜜。应受持亲近读诵说正法。（《般若部 T8》p. 284. 3）

4. 以方便力故。见诸法无性无根本故。能发阿耨多罗三藐三菩提心。舍利弗白佛言。世尊。云何菩萨摩诃萨行般若波罗蜜时。以方便力故。见诸法无性无根本故。能发阿耨多罗三藐三菩提心。佛告舍利弗。菩萨摩诃萨行般若波罗蜜时。不见诸法根本住中退没生懈怠心。舍利弗。今诸法根本。实无我无所有性常空。但颠倒愚痴故众生着阴入界。是菩萨摩诃萨见诸法无所有性常空自相空时。行般若波罗蜜自立。如幻师为众生说法。悭者为说布施法。破戒者为说持戒法。瞋者为说忍辱法。懈怠者为说精进法。乱者为说禅定法。愚痴者为说智慧法。令众生住布施乃至智慧。然后为说圣法能出苦。用是法故得须陀洹果。乃至得阿罗汉果辟支佛道乃至阿耨多罗三藐三菩提。舍利弗白佛言。世尊。菩萨摩诃萨得是众生无所有。教令布施持戒乃至智慧。然后为说圣法能出苦。以是法故得须陀洹果乃至阿耨多罗三藐三菩提。佛告舍利弗。菩萨摩诃萨。行般若波罗蜜时。无有有所得过罪。何以故。舍利弗。是菩萨摩诃萨行般若波罗蜜时不得众生。但空法相续故。名为众生。舍利弗。菩萨摩诃萨住二谛中。为众生说法世谛第一义谛。舍利弗。二谛中众生虽不可得。菩萨摩诃萨行般若波罗蜜。(《般若部 T8》p. 404. 3 ~ p. 405. 1)

5. 是名第一义亦名

性空亦名诸佛道。是中不得众生乃至不得知者见者。不得色受想行识乃至不得八十随形好。何以故。菩萨摩诃萨。非为道法故求阿耨多罗三藐三菩提心。为诸法实相性空故求阿耨多罗三藐三菩提。是性空前际亦是性空。后际亦是性空。中际亦是性空。常性空无不性空时。菩萨摩诃萨行是性空般若波罗蜜。为众生种种着相欲拔出故求道种智。求道种智时遍行一切道。若声闻道若辟支佛道若菩萨道。是菩萨具足一切道。拔出众生于邪想着。净佛国土已随其寿命。得阿耨多罗三藐三菩提。须菩提。过去十方诸佛道所谓性空。未来现在十方诸佛道亦性空。离性空世间无道无道果。要从亲近诸佛闻是诸法性空。行是法不失萨婆若。须菩提白佛言。世尊。甚希有诸菩萨摩诃萨。有行是性空法亦不坏性空相。所谓色与性空异。受想行识与性空异。乃至阿耨多罗三藐三菩提与性空异。须菩提。色即是性空性空即是色。乃至阿耨多罗三藐三菩提。阿耨多罗三藐三菩提即是性空。性空即是阿耨多罗三藐三菩提。佛告须菩（《般若部 T8》p. 403. 1 ～ p. 403. 2）

6. 知苦不生缘苦心。乃至知道不生缘道心。但顺阿耨多罗三藐三菩提心观诸法如实相。世尊。云何观诸法如实相。佛言。观诸法空。世尊。何等空观。佛言。自相空。是菩萨用如是智慧观一切法空。无法性可见。住是性中得阿耨多罗三藐三菩提。何以故。无性相是阿耨多罗三藐三菩提。非诸佛所作非辟支佛所作。亦非阿罗汉所作亦非向道人所作。亦非得果人所作亦非菩萨所作。但众生不知不见诸法如实相。以是事故菩萨摩诃萨行般若波罗蜜。以方便力故为众生说法。（《般若部 T8》p. 412. 2）

7. 尔时须菩提赞释提桓因言。善哉善哉。憍尸迦。汝是圣弟子。法应佐助诸菩萨。以阿耨多罗三藐三菩提安慰护念。若佛初发阿耨多罗三藐三菩提心时。过去诸佛及诸弟子。若不以六波罗蜜安慰佐助者。不能得阿耨多罗三藐三菩提。憍尸迦。佛初发意时。过去诸佛及诸弟子。以六波罗蜜应安慰佐助故。得阿耨多罗三藐三菩提。（《般若部 T8》

p. 547. 3)

8. 须菩提。菩萨亦如是。虽发阿耨多罗三藐三菩提心乃至有精进。于阿耨多罗三藐三菩提有信乃至有进。不为般若波罗蜜方便所护故。未得萨婆若。中道退转。堕声闻辟支佛地。须菩提。是百二十岁老人。若有风寒冷热之病欲从床起。有二健人各扶一腋。安慰之言。随意所至。我等好相扶持。勿惧中道有所坠落。须菩提。菩萨亦如是。于阿耨多罗三藐三菩提。有信乃至进。为般若波罗蜜方便所护故。当知是菩萨不中道退转。能至阿耨多罗三藐三菩提。(《般若部 T8》p. 560. 3)

9. 尔时须菩提白佛言。世尊。若菩萨欲行般若波罗蜜。云何应习空。云何应入空三昧。佛告须菩提。菩萨行般若波罗蜜。应观色空。应观受想行识空。应以不散心观。法无所见亦无所证。须菩提言。世尊。如佛所说菩萨不应证空。云何菩萨入空三昧而不证空。须菩提。若菩萨具足观空本已生心。但观空而不证空。我当学空今是学时非是证时。不深摄心系于缘中。(《般若部 T8》p. 568. 3)

10. 世尊。若人于初发心菩萨随喜。若于行六波罗蜜。若于阿毘跋致。若于一生补处随喜。是人为得几所福德。憍尸迦。须弥山王尚可称量。是人随喜福德不可称量。憍尸迦。三千大千世界尚可称量。是人随喜福德不可称量。(《般若部 T8》p. 575. 1)

11. 是诸心皆能破诸魔事。是人随喜福德。应回向阿耨多罗三藐三菩提。若人发阿耨多罗三藐三菩提心者。则为不舍佛不舍法不舍僧。以是故。应于是诸心而生随喜。如是如是憍尸迦。若人于是诸心随喜。当知是人疾得值佛。是人以是随喜福德善根故在所生处。常得供养恭敬尊重赞叹。不闻诸恶音声。亦不堕于诸恶道中。常生天上。何以故。是人随喜。为欲利益无量无边众生故。是随喜心渐渐增长。能至阿耨多罗三藐三菩提。(《般若部 T8》p. 575. 1 ～ p. 575. 2)

12. 佛言憍尸迦。如是如是。阎浮提人。少有能于佛法僧宝得不坏信。若于须陀洹果。斯陀含果。阿那含果。阿罗汉果。及缘觉果。其所证者。而亦甚少。于其阿耨多罗三藐三菩提心。若已发者能住不退。若现发者勇猛精进。若未发者当能发起。如是等人转复甚少。又复阎浮提人。少能于此般若波罗蜜多善住相应。少能于此般若波罗蜜多依法修行。少能于此般若波罗蜜多。心不退转住菩萨地。少能于此般若波罗蜜多。修行趣证阿耨多罗三藐三菩提。憍尸迦。若有能于此般若波罗蜜多听受读诵。自所宣说。或令他说如说修行。乃至尊重恭敬。以诸香华灯涂幢幡宝盖种种供养者。当知皆是已发阿耨多罗三藐三菩提心。住不退转菩萨地者又复憍尸迦。此阎浮提中有无量无数无边众生。发阿耨多罗三藐三菩提心行菩萨道。于汝意云何。憍尸迦。汝今当知。虽复有如是无量无数无边众生。发菩提心行菩萨道。于其中间若一若二住不退转地。何以故。此阎浮提有诸众生起下劣心生下劣想。智慧信解亦复下劣。是故起劣精进。于阿耨多罗三藐三菩提作难得想。不能起求而生懈怠。憍尸迦。若善男子善女人。乐欲速证阿耨多罗三藐三菩提果。成就最上乐者。是故应当于此般若波罗蜜多。发猛利心听受读诵。何以故。是善男子善女人应作是念。此般若波罗蜜多如来应供正等正觉。往昔修菩萨行时亦如是学。我今亦学是般若波罗蜜多。此般若波罗蜜多是我所师。憍尸迦。若佛住世若涅槃后。诸菩萨摩诃萨应当依止此般若波罗蜜多。(《般若部 T8》p. 596. 2 ～ p. 596. 3)

13. 佛言。憍尸迦。是善男子善女人。以是因缘得福虽多。不如有人于此般若波罗蜜多。发信解心发菩提心住菩萨法。以此般若波罗蜜多书写经卷。受持读诵生欢喜心为人演说。或复为人解释其义。于此正法生清净心离诸疑惑。转劝他人使其受持作如是言。汝善男子。此般若波罗蜜多是菩萨道。汝于是中应当修学。如是学者即能速证阿耨多罗三藐三菩提。能尽一切诸有情界。普令安住真如实际。憍尸迦。是善男子善女人得福甚多复次憍尸迦。置是满阎浮提所有众生。若人以满四大洲所有众生。各各教令修十善业。复置是数。若满小千世界所有众生。而复各各教修十善。亦置是数。若满中千世界所有众生。各各教修十善。亦置是数。若满三千大千世界所有众生教修善。亦置是数。如是乃至满兢伽沙数三千大千世界所有众生。一一教化令修十善。憍尸迦。于汝意云何。彼人以是因缘得福多不。帝释天主白佛言。甚多世尊。佛言。憍尸迦。是善男子善女人。以是因缘得福虽多。不如有人于此般若波罗蜜多。发信解心发菩提心住菩萨法。以此般若波罗蜜多书写经卷。受持读诵生欢喜心为人演说。复为人解释其义。于此正法生清净心离诸疑惑。转劝他人使其受持。作如是言。汝善男子。此般若波罗蜜多是菩萨道。汝于是中应当修学。如是学者即能速证阿耨多罗三藐三菩提。能尽一切诸有情界。（《般若部 T8》p. 603. 3）

14. 尔时尊者须菩提赞帝释天主言。善哉善哉。憍尸迦。汝善开导诸菩萨摩诃萨。复能护念诸菩萨摩诃萨。憍尸迦。佛诸弟子皆以阿耨多罗三藐三菩提法。护念诸菩萨摩诃萨。令发阿耨多罗三藐三菩提心。令住阿耨多罗三藐三菩提果。何以故。过去诸菩萨摩诃萨。皆因学是六波罗蜜多故。发菩提心住菩提果。今佛世尊亦学是六波罗蜜多故得菩提果。未来诸菩萨摩诃萨亦复如是。是故憍尸迦。若菩萨摩诃萨不学是六波罗蜜多。即不能得阿耨多罗三藐三菩提果。（《般若部 T8》p. 607. 1 ～ p. 608. 1）

15. 何以故。我说彼人是增上慢者。须菩提。菩萨摩诃萨于如是人不应亲近。又须菩提。若诸菩萨摩诃萨不舍一切众生爱乐一切智。深发阿耨多罗三藐三菩提心。为欲成就阿耨多罗三藐三菩提。利益安乐一切众生者。不应亲近如是等人。须菩提。求菩提者于诸魔事常应觉知觉已远离。于一切时常生厌离怖三界心。但为利乐一切众生。引示众生所有正道。令诸众生圆满正果住法实性。又复于诸众生起大慈心大悲心大喜心大舍心。菩萨常作是愿。愿我当于一切时一切处远离如是一切魔事。设或暂起速令除灭。须菩提。若菩萨摩诃萨能如是学。（《般若部 T8》p. 653. 3）

16. 复次阿难。菩萨摩诃萨修般若波罗蜜多时。行般若波罗蜜多时。有诸恶魔来菩萨所生娆乱心。以彼魔力化诸雷雹风雨等相。周遍方处欲令菩萨怖畏散乱。乃至欲令菩萨于一念中退失阿耨多罗三藐三菩提心。阿难当知。恶魔不必普能娆乱一切菩萨。阿难白佛言。世尊。何等菩萨为魔所娆。佛言。阿难。若菩萨于先世中。曾得闻是般若波罗蜜多法门。虽复闻已不生信解。阿难当知。是菩萨即有恶魔而来娆乱。为彼诸魔伺得其便。(《般若部 T8》p. 657. 1 ～ p. 657. 2)

17. 大施大慧大威德　佛乘最上而得乘

发菩提心度众生　是故得名摩诃萨
幻化四足俱胝数　多人众前悉截首
一切世界皆幻化　菩萨知已得无怖
色受想行识缠缚　知不实已不求解
行菩提心无所著　此名最上诸菩萨
云何得名为菩萨　乘大乘行度众生
大乘体相如虚空　菩萨由得安隐乐
大乘之乘不可得　乘涅槃往诸方所
行已不见如火灭　是故名为入涅槃
菩萨所行不可得　初后现在三清净
清净无畏无戏论　是行最上般若行
大智菩萨行行时　发大慈悲为众生
为已不起众生相　是行最上般若行

(《般若部 T8》p. 677. 1 ～ p. 677. 2)

18. 尔时胜天王即从座起。偏袒右肩右膝着地。合掌向佛头面作礼。而白佛言。世尊。善男子善女人。闻是般若波罗蜜。云何未发阿耨多罗三藐三菩提心者即能发心。皆悉成就得不退转。行常胜进而无堕落。佛告胜天王言。大王。谛听善思念之。当为王说。善男子善女人闻般若波罗蜜。行得胜进无有退堕。胜天王言善哉世尊。唯然愿闻。佛告胜天王言。大王。若善男子善女人。闻般若波罗蜜。以清净意发阿耨多罗三藐三菩提心。具足正信亲近贤圣乐闻正法。远离嫉妒无有悭吝。常修寂静好行布施。心无隔碍恒离秽浊。正信业果心不疑惑知黑白报。(《般若部 T8》p. 712. 1)

19. 尔时胜天王。以七宝网弥覆佛上。而白佛言。世尊。菩萨摩诃萨行般若波罗蜜。修何等法于阿耨多罗三藐三菩提心不移动。佛告胜天王言。大王。菩萨摩诃萨行般若波罗蜜。修无碍大慈无厌大悲成办大事。勤加精进学空三昧修平等智。以方便力则能通达清净大智。明了如实三世平等无有障碍。履三世佛所行之道。大王。菩萨摩诃萨行般若波罗蜜。修如是法于阿耨多罗三藐三菩提心不移动。胜天王白佛言。世尊。菩萨摩诃萨云何行般若波罗蜜。闻佛不思议事。不怖不畏不惊不悔。佛告胜天王言。大王。菩萨宜应具足般若具足阇那。近善知识乐闻深法。了知诸法皆悉如幻悟世非常。心不住着犹如虚空。知一切法生必有灭。大王。菩萨摩诃萨行般若波罗蜜。修如是法闻佛不思议事。不怖不畏不惊不悔。胜天王白佛言。世尊。云何菩萨摩诃萨行般若波罗蜜。于一切处而得自在。(《般若部 T8》p. 713. 3 ～ p. 714. 1)

20. 大王。得寂静力。成就大悲故。得精进力。成就阿鞞跋致故。得多闻力。成就大智故。得信乐力。成就解脱故。得修行力。成就出离故。得忍辱力。爱护众生故。得菩提心力。断除我见故。得大悲力。教化众生故。得无生忍力。成就十力故。大王。菩萨摩诃萨行般若波罗蜜。成就如是等力。说是法门时。众中五百菩萨得无生法忍。八千天子得阿鞞跋致。一万二千天子得远尘离垢法眼净。四万人天发阿耨多罗三藐三菩提心。(《般若部 T8》p. 714. 1 ～ p. 714. 2)

21. 菩萨摩诃萨发菩提心具七法宝。所谓布施持戒忍辱精进禅定智慧及方便力。又如转轮圣王游四天下。于诸众生其心平等。菩萨摩诃萨以四摄法利益众生亦复如是。又如转轮圣王所在之处则无诤讼。菩萨摩诃萨如实说法亦无诤论。譬如三千大千世界初成。即有须弥山王及以大海。菩萨亦尔。若发阿耨多罗三藐三菩提心。即有般若及以大悲。譬如日出其高山者先照光明。菩萨摩诃萨得般若炬。高行菩萨善根熟者先照其光。譬如大地荷负一切。华果树木草药皆悉平等。菩萨摩诃萨得是陀罗尼门。于诸众生其心平等。（《般若部 T8》p. 719. 3 ～ p. 720. 1）

22. 尔时世尊告珊兜率陀天王言。大王。凡欲供养佛如来者当修三法。所谓发阿耨多罗三藐三菩提心。护持正法。如闻修行。大王。若有修行此三法者。是人名为供养如来。大王。假使如来寿命一劫住世。说此供养福报不能穷尽。是故大王。若欲供养佛如来者。具此三法乃名供养。大王。若有护持如来一四句偈。是人则为拥护过去现在未来诸佛阿耨多罗三藐三菩提。何以故。诸佛如来皆从法生。法供养者名真供养。一切资财所不能及。法供养者诸供养中最为第一。尔时世尊告珊兜率陀天王言。我念过去无量无边阿僧祇阿僧祇劫数行菩萨道时闻虚

空中诸天说偈

天人远离大宝藏　王贼水火所去失
百千万劫法难闻　得闻不持不施等
道心为本化众生　如实修行心寂静
自利利他平等心　如是修行供养佛

大王。我于往昔初闻此偈即为他说。有八千人发阿耨多罗三藐三菩提心。是故大王。以法供养最为第一。何以故。一切诸佛从法生故。（《般若部 T8》p. 720. 3 ～ p. 721. 1）

23. 善男子。有菩萨摩诃萨住菩提心求无上菩提不。文殊师利白佛言世尊。无菩萨住菩提心求无上菩提。何以故。菩提心不可得。无上菩提亦不可得。五无间罪是菩提性。无有菩萨起无间心求无间罪果。云何有菩萨住菩提心求无上菩提。菩提者是一切诸法。何以故。色非色不可得故。乃至识非识亦不可得。眼不可得乃至意不可得色不可得乃至法不可得眼界乃至法界亦不可得。生不可得乃至老死亦不可得。檀波罗蜜不

可得。乃至般若波罗蜜亦不可得。佛十力不可得。乃至十八不共法亦不可得。菩提心无上菩提皆不可得。不可得中无可得不可得。是故世尊。无菩萨住菩提心求无上菩提者。佛告文殊师利。汝意谓如来是汝师不。文殊师利白佛言。我无有意谓佛是我师。何以故。世尊。我尚不可得。何况当有意谓佛是我师。佛告文殊师利。汝于我有疑不。文殊白佛言。世尊。我尚无决定。何况当有疑。何以故。先定后疑故。佛告文殊汝不定言如来生耶。文殊白佛。如来若生法界亦应生。何以故。法界如来一相无二相。二相不可得故。文殊师利。汝信诸佛如来入涅槃不。文殊言。一切诸佛即涅槃相。涅槃相者无入无不入。佛告文殊师利。汝言诸佛有流转不文殊白佛言。世尊不流。(《般若部 T8》p. 736. 1)

24. 是故须菩提。菩萨应离一切相发阿耨多罗三藐三菩提心。不应住色生心。不应住声香味触法生心。应生无所住心。若心有住则为非住。是故佛说菩萨心不应住色布施。须菩提。菩萨为利益一切众生。应如是布施。如来说一切诸相即是非相。又说一切众生则非众生。须菩提。如来是真语者。实语者。如语者。不诳语者。不异语者。须菩提。如来所得法此法无实无虚。须菩提。若菩萨心住。(《般若部 T8》p. 750. 2)

25. 是故须菩提。菩萨应离一切相发阿耨多罗三藐三菩提心。何以故。若心有住则为非住。不应住色生心。不应住声香味触法生心。应生无所住心。是故佛说菩萨心不住色布施。须菩提。菩萨为利益一切众生。应如是布施。须菩提言。世尊。一切众生相即是非相。何以故。如来说一切众生即非众生。须菩提。如来是真语者实语者如语者不异语者。须菩提。如来所得法所说法。无实无妄语。须菩提。譬如有人入闇则无所见。若菩萨心住于事而行布施。亦复如是。须菩提。譬如人有目夜分已尽日光明照见种种色。若菩萨不住于事行于布施。亦复如是。复次须菩提。若有善男子善女人。能于此法门受持读诵修行。则为如来以佛智慧。悉知是人悉见是人悉觉是人。皆得成就无量无边功德聚。须菩

提。若有善男子善女人。初日分以恒河沙等身布施中。日分复以恒河沙等。(《般若部 T8》p.754.3)

26. 世尊。若善男子善女人。发阿耨多罗三藐三菩提心行菩萨乘。云何应住。云何修行。云何发起菩萨心。净命须菩提作是问已。尔时世尊告须菩提。须菩提。善哉善哉。如是善男子。如来善护念诸菩萨摩诃萨无上利益故。善付嘱诸菩萨摩诃萨无上教故。须菩提。是故汝今一心谛听。恭敬善思念之。我今当为汝说。如菩萨发菩提心行菩萨乘。如是应住。是修行。如是发心。须菩提言。唯然世尊。佛告须菩提。须菩提。若善男子善女人。发菩提心行菩萨乘。应如是发心。所有一切众生类摄。若卵生若胎生若湿生若化生。若有色若无色。若有想若无想。若非有相若非无想。乃至众生界及假名说。如是众生我皆安置于无余涅槃。如是般涅槃无量众生已。无一众生被涅槃者。何以故。须菩提。若菩萨有众生想。即不应说名为菩萨。何以故。须菩提。一切菩萨无我想众生想寿者想受者想。复次须菩提。菩提不着己类而行布施。不着所余行于布施。不着色声香味触法应行布。(《般若部 T8》p.757.2)

27. 尔时世尊说此法门已。复告金刚手菩萨言。金刚手若有人。得闻此最第一广供养诸佛实相般若波罗蜜法门。若自书若教人书。若自受持若教人受持。若自读诵若教人读诵。若自思惟若教人思惟。若自供养若教人供养。随其所作。即为大善巧方便广供养一切诸佛。

28. 复次慈氏若有众生发菩提心。普为一切五趣四生。乃至护持一禁戒者。亦得名为入佛净戒波罗蜜多。能得无上正等菩提复次慈氏菩萨摩诃萨修大乘者。见诸有情堕于恶趣。应当修习净戒波罗蜜多。拔济令出置于涅槃。然修行时有三大障。一者瞋恚二者悭贪三者染欲。其瞋恚者能退悲心。大悲心者一切菩提行之根本。以悲力故于梦寐中不生杀想。况[寤一吾十告]寤时断命食肉。其悭贪者不能舍施。于己财物常生悭惜。于他财宝恒起贪求。是故菩萨摩诃萨。见他财物如睹。(《般若部 T8》p.887.1)

29. 菩萨摩诃萨修习意业有二种心。一者精进二者退转。所谓发起菩提心是精进。止息菩提心是退转。云何发起。于诸有情起大悲故。(《般若部 T8》p. 895 ～ p. 895. 2)

30. 世尊。佛生流出何法。佛言。流出一切助菩提法。尔时胜天王白佛言。世尊。云何佛生。佛告胜天王言。如发菩提心。世尊。云何发菩提心。佛言。大王。如生大悲。世尊。云何生大悲。佛言。不舍一切众生。世尊。云何不舍一切众生。佛言。如不舍三宝。世尊。谁不舍三宝。佛言。无烦恼者。尔时胜天王白佛言。希有世尊。希有修伽陀。诸佛世尊如是秘密甚深微妙。常说一切法空无生无灭寂静。不破所修善恶果报远离断常。世尊。于世界中颇有众生闻如是法。不起正信敬重之心生毁谤不。世尊。是等众生过去之世。因由善业得受人身。亲近恶知识故。不信如是甚深之法。则为孤负过去善业。诸佛世尊恩德深重。假使自割身肉出血供养如来。亦不能报以佛恩故。我等今日增长善根。得大法乐住大自在。(《般若部 T8》p. 718. 1)

31. 大乘理趣六波罗蜜多经发菩提心品第三尔时薄伽梵作师子吼显明秘密总持门已。时慈氏菩萨摩诃萨即从座起。偏袒右肩右膝着地。一心合掌而白佛言。善哉善哉大圣世尊。能以大悲赞说如是秘密甘露胜陀罗尼守护法师。唯愿世尊哀愍众生。宣说阿耨多罗三藐三菩提法。令诸有情未发心者。云何发心。已发心者云何修行。复何因缘于大乘心得不退转尔时薄伽梵告慈氏菩萨摩诃萨言。若有善男子善女人。欲为有情修大乘行。欲度有情置大涅槃。应当先发五种胜心。云何为五。一者于诸有情普发平等大慈悲心。二者于一切种智心不退转。三者于诸有情起亲友想。于险难中誓当救护。四者常于有情起负债想。五者恒怀惭愧何时偿毕。能发如是五种心者。速能证得阿耨多罗三藐三菩提复次慈氏菩萨摩诃萨。云何于大乘中。一心修行得不退转。如往昔时有一商人。聪慧明达常行仁孝。恒见父母宗亲贫苦。常怀忧恼逼切身心。以何方便而能给济。作是思惟无过入海采如意宝。而供给之得离贫苦。以是因缘发勇猛心。不惜躯命从家而出。种种方便求觅资粮。及诸善伴船及船师。于其中路遇一异人从海而还。乃问此人如是遽欲何所之。商人具答如上因缘。为救贫穷今欲入海。求如意宝以相资给。彼异人言我昔离家亦复如是。为济亲族贫穷诸苦。既发家已路经旷野。度大砂碛绝无水草。多有野象虎豹豺狼毒蛇师子。或遇劫贼大山大河。饥渴寒热惊惧怖畏种种危难。与彼船师方至大海。又遇恶风大鱼恶龙。雷电雹雨鼓浪洄澓。多有留难不可具说。虽受如是种种诸苦。尚不能获如意宝珠。但得资身粗自供足。犹未能济贫乏之亲。今劝仁者勿强艰苦徒自疲劳。吾欲与仁别为经理。所以者何然彼大海有种种难黑风黑山药叉罗刹。摩竭蛟龙众难非一。但曾闻有如意珠名。往者千万获无一二。以是因缘劝于仁者宜速回还。尔时商主闻是语已。倍复增进发三胜心入海不退。云何为三。一者父母兄弟宗亲贫苦。若斯如何空归不相救济。二者我之亲属昔时富有。

惠我衣食怜愍于我。今者贫穷命不全济。如何放舍而欲退还。三者我在家时处理家务。策役驱使大小僮仆种种呵责。如何贫苦不相赈恤。令彼欢喜而欲退还。以是因缘念酬恩德。发大勇猛决定前进。要当入海求如意宝。得已还家济于亲属。恣其所用永离艰穷。菩萨摩诃萨亦复如是。发菩提心观于十方。六趣四生皆是我之宿世父母。怜愍我故造诸恶业。堕于地狱饿鬼畜生受诸苦恼。以是因缘而自思惟。以何方便济斯苦难。作是念已唯有入于六波罗蜜多大法海中。求佛种智拯济有情生死之苦。如是思已发大勇猛无退屈心。精进勤求无有懈倦种种方便求觅资粮。菩提善伴法及法师。行至中路遇一魔王。领诸眷属或现天身。或显人身婆罗门身。或作商主苾刍苾刍尼身。或余种种异类之身。而彼魔王问菩萨言。汝今忙欲诣何所。菩萨答言我为一切苦恼众生。今欲入于六度大海。求佛种智如意宝珠。以救一切贫乏众生。魔王复云我初发心亦复如是。为度一切苦恼众生。出生死家度大流转。旷野砂碛备受饥渴。盗贼恐怖众难非一。方至六度大法海中。或遇乞头或逢乞眼。耳鼻舌身手足支节。心肺肠胃肝胆脾肾。国城妻子奴婢仆使。如是种种。

八、菩提心的功德

1. 如是舍利弗。菩萨摩诃萨行般若波罗蜜。不减于阿耨多罗三藐三菩提。说是般若波罗蜜品时。三百比丘从座起。以所著衣上佛。发阿耨多罗三藐三菩提心。佛尔时微笑。种种色光从口中出。尔时慧命阿难。从座起整衣服。合掌右膝着地。白佛言。佛何因缘微笑。佛告阿难。是三百比丘。从是已后六十一劫当作佛。皆号名大相。是三百比丘舍此身。当生阿佛国。(《般若部 T8》p. 229. 2 ～ p. 229. 3)

2. 憍尸迦。我以佛眼见东方无量阿僧祇众生。发心行阿耨多罗三藐三菩提行菩萨道。是众生远离般若波罗蜜方便力故。若一若二住阿惟越致地。多堕声闻辟支佛地。南西北方四维上下亦复如是。以是故。憍尸迦。善男。(《般若部 T8》p. 284. 2 ～ p. 284. 3)

3. 若三千大千世界中所有众生。皆发阿耨多罗三藐三菩提心。是一切菩萨念过去未来现在诸佛及声闻辟支佛诸善根。从初发意乃至法住。于其中间所有善根。并余一切众生所有善根。所谓布施持戒忍辱精进一心智慧。檀那波罗蜜乃至般若波罗蜜。戒众定众慧众解脱众解脱知见众。如是等诸余无量佛法一切和合随喜。随喜已回向阿耨多罗三藐三菩提。以取相有所得故。复有善男子善女人发阿耨多罗三藐三菩提心。念过去未来现在诸佛及声闻辟支佛。从初发意乃至法住。于其中间所有善根。并余一切众生所有善根。所谓布施持戒忍辱精进一心智慧。檀那波罗蜜乃至无量诸佛法。一切和合称量。以无所得故。无二故。是最上随喜。第一最妙无上无与等随喜。随喜已回向阿耨多罗三藐三菩提。是善男子善女人功德胜前善男子善女人功德百倍千倍百千万亿倍。(《般若部 T8》p. 301. 1 ～ p. 301. 2)

4. 所有已发阿耨多罗三藐三菩提心。诸天子众往彼人所为作护念。劝令于此般若波罗蜜多。听受读诵如说修行复次若有善男子善女人。于此般若波罗蜜多。受持读诵如说修行者。是人若在空室若入众中。若在树下及旷野处。若行道路及非道中乃至大海。如是等处若行若住若坐若卧。离诸怖畏诸天护念尔时四大天王白佛言。世尊。若有善男子善女人。于此般若波罗蜜多。(《般若部 T8》p. 594. 3)

5. 如是行者最上无胜。与般若波罗蜜多胜行相应。若诸菩萨摩诃萨于昼夜中如是勤行。即能近阿耨多罗三藐三菩提。乃至速能成就阿耨多罗三藐三菩提。又须菩提。假使阎浮提中一切众生一一皆得人身。悉发阿耨多罗三藐三菩提心。发是心已乃至尽寿。尊重恭敬供养诸佛。又复普于一切广行布施。即以如是布施功德。回向阿耨多罗三藐三菩提。须菩提。此诸人等以是因缘得福多不。须菩提言。甚多世尊。甚多善逝。佛言。须菩提。此诸人等以是因缘得福虽多。不如菩萨摩诃萨。能一日中起般若波罗蜜多相应正念。随其菩萨所起般若波罗蜜多相应正念故。能为一切众生作大福田。何以故。菩萨能起平等慈心。余诸众生无有是心。(《般若部 T8》p. 655)

莫惜金缕衣，劝君惜，少年时。花开堪折直须折，莫待折空枝。

一朝入得佛门后，便从此，歇凡心。有佛有经且吟读，莫待满头丝。

这便是心得。

22. 风光好·善知识的重要性

——略谈善知识的重要性

柳阴阴，水沉沉，风约双凫立不禁，碧波心。孤村桥断人迷路，舟横渡，旋买村醪浅浅斟，更微吟。

——欧良

学佛修行，先是要弄明白善、恶之别。

善恶之差异，须仔细判别，“孤村桥断人迷路，舟横渡，旋买村醪浅浅斟，更微吟。”要紧之处即在“微吟”。

很多人在日常的学修中盲修瞎炼，就是缺乏善知识的引导。也正是邪师外道横行，使得佛法趋于流弊，危害极大。

佛法具有“知行合一”的特色，实践性极强。凡夫修行障碍极多，如果有善知识的引导，就可能少走弯路！唐代韩愈有句名言：“师者，所以传道、授业、解惑也。”就道出“师”的重要性。世间的道理如此，作为出世间的佛法来说，就应更重视善知识的作用。

善，广义指与“善”心相应的一切思想和行为；凡符合佛教教理的为“善”，反之为“恶”。《大乘义章》卷七，“顺名为善，违名为恶。”

善知识，梵语 kalyānamitra，指正直而又有德行，能教导正道的人。又作知识、善友、亲友、胜友。反之，教导邪道的人称为恶知识。

一、善知识的种类

大家熟知的善财童子五十三参，在求道的过程中，上至佛、菩萨，下至人天。他就亲近过几种类型的善知识，并由此成为亲近善知识的典范。其他经典也有不同的说法。

《杂阿含经》把善知识大体分为两大类：一、世俗善知识；二、出世善知识。其中又各分为多种，世俗善知识有如“商人之导师，游行善知识；贞祥贤良妻，居家善知识；宗亲相习近，通财善知识；自所修功德，后世善知识”。[①] 出世善知识根据所证得层次分为：四沙门果、七善人及无余涅槃者、究竟善知识（佛陀）。

《摩诃止观》中：“知识有三种：一者，外护；二者，同行；三者，教护。”也就是说修行和人欲得道果，必由教护知识训诲，同行知识策励，外护知识财物资养。[②]

《大智度论》中更把“佛法”比作好药，把“善知识”比作良医，并明确指出善知识的“二相”：“一者，教一心向萨婆若；二者教空、无相、无作、无生、无灭等般若波罗蜜法。”[③]

《大方广佛华严经》分得更为细致，共有十种：“有十种善知识。何等为十。所谓能令安住菩提心善知识。能令修习善根善知识。能令究竟诸波罗蜜善知识。能令分别解说一切法善知识。能令安住成熟一切众生善知识。能令具足辩才随问能答善知识。能令不着一切生死善知识。能令于一切劫行菩萨行心无厌倦善知识。能令安住普贤行善知识。能令深入一切佛智善知识。佛子。是为菩萨摩诃萨十种善知识。”[④]

---

① 《大正藏》第2册，《杂阿含经》，1000页。

② 《大正藏》第46册，《摩诃止观》卷4，43页。

③ 《大智度论》卷96，佛陀教育基金会。

④ 《大正藏》第9册，《大方广佛华严经·离世间品》卷36。

如上所述，根据不同角度的划分，善知识的种类也有多种。但它们的目的却十分明确，那就是辅助或引导我们舍恶修善，最终趣入佛道。

二、善知识的重要性

不同的善知识对修行者有不同程度的受益。但单就修行佛法来说，善知识是佛法的继承者和实践者，又承担着传授正法、续佛慧命的重任。世间称教师为“人类灵魂的工程师”，那么善知识也可称为“诸佛之母”。《长阿含经》中：“如来、至真自以己力开三径路，自致正觉。何谓为三？或有众生亲近贪欲，习不善行，彼人于后近善知识，得闻法言……得欢喜乐，又于乐中，复生大喜是为如来自以己力开初径路，成最正觉。又有众生多于嗔恚，不舍身、口、意恶业，其人于后遇善知识，……得欢喜乐，又于乐中，复生大喜，是为如来开第二径路。又有众生愚冥无智，……其人于后遇善知识，……得欢喜乐，又于乐中，复生生大喜，是为如来开第三径路。”佛陀如此，何况佛弟子们呢！因此，《大智度论》中：“佛告须菩提：‘新学菩萨若欲学般若波罗密多、禅定、精进……先当亲近供养善知识。’”[①] 就把善知识放在至高的地位。

善知识有如下几个特征：

一、亲近善知识是四种入流分之始。《杂阿含经》中：“有四种入流分：何等为四？谓亲近善男子、听正法、内正思惟、法次法向。”[②] 此中亲近善男子就是指亲近善知识，以此作为入流的开始。《中阿含经》中有更具体的说明：“具为具善已，便具亲近善知识；具亲近善知识已；便具闻善法；具闻善法已，便具生信；具生信已，便具正思惟；具正思惟，便具正念，正智……”[③] 此中就把亲近善知识作为“闻善法”的必

① 《大智度论》卷96。
② 《大正藏》第2册，《杂阿含经》，843页。
③ 《中阿含经·本际经》卷51，180页。

要条件。

二、善知识能使修行者成为全梵行的人。佛在《阿含经》中多次强调，佛自身也是由善知识成就无上正等正觉。《增一阿含经》中：“夫善知识之人即是全梵行之人，与共从事，将视好道。我亦由善知识，成无上正真等正觉以成道果。”① 大乘经典也把善知识的地位放得很高。如《摩诃止观》中说：“善知识者大因缘。所谓化导令得见佛。阿难说：‘知识得道半因缘。’佛言：‘不应尔，具足全因缘。……其善知识，能作佛事、示教利喜。令入阿耨多罗三藐三菩提。大王当知善知识者是大因缘，所谓化导令得见佛，发阿耨多罗三藐三菩提心。’”② 此中反复说明了“善知识是大因缘”、“化导令得见佛”。如此可见善知识作用之大啊！

结语

因为有善知识的引导，我们在修学的过程少走了许多弯路，避免了不必要的障碍。善知识为我们开示了教法，并护持我们实际的修行。善知识成就了我们的法身慧命，并且引导我们入善道，以至见佛。善知识就是我们的“法身父母”啊！我们必须充分认识到善知识的重要性。善知识是我们修行见佛、成佛的关键所在。

柳阴阴，水沉沉，良医良药不可弃，救人心。荒郊桥断人迷路，舟横渡，先把甘泉浅浅斟，更微吟。

① 《大正藏》第2册，《增一阿含经》卷44，10页。
② 《大正藏》第46册，《摩诃止观》卷4，43页。

23. 菩萨蛮·人本思想在《杂阿含经》中的显现

人人尽说江南好，游人只合江南老。春水碧如天，画船听雨眠。垆边人似月，皓腕凝双雪。未老莫还乡，还乡须断肠。

——韦庄

有唐一代词家，韦庄是为最具民间气息者，尤其是他的若干菩萨蛮，其中这首《人人尽说江南好》，平实，直白，“未老莫还乡，还乡须断肠”，道尽了人世的沧桑。他的如“遇酒且呵呵，人生能几何”，莫不如此。

之所以醉心于韦庄之菩萨蛮，正是于其词作中，感悟到了人生的诸多境界，并引发了读《杂阿含经》时的联想。

《俱舍论》卷八有云，“于三界中说有五趋，即地狱等如自名说，谓前所说地狱、傍生、鬼及人、天，是名五趣。惟有欲界有四趣全，三界各有天趣一分。”是为五趣，人为五趣的中心。

五趣更是有情上升下堕的枢纽。天上太乐，地狱极苦，唯有苦乐参半的人间，使人知苦而能厌离。因此，“诸佛世尊，皆出人间，终在天上成佛。”佛法是以有情为中心，更准确地说是以人为本。正如印顺导师所说：“成佛是体悟真理，实现自由。佛陀说法，即是宣扬此真理与自由之光。”

佛陀时代，重天轻人的思想非常流行。在印度，四种姓的矛盾冲突，使人们对本身不正知。宗教的异端狂热，使人们对世间更加迷惘。释迦牟尼出世之时大概在奥义书的末期，其时，反婆罗门的学说勃兴。婆罗门教以神造人、天生的四种姓的制度，伴随着雅利安人民力的增长，智慧和认识能力渐高，那种神与人之间神本性的伦理关系逐渐受到挑战。

佛陀针对此种状况，否定种姓制度，尊重人格，在法律、因果、道德等方面，去论述四种姓平等，“业真实者，是依业者”，即从自身造作的行为角度来判断。并进一步说，四种姓出家，同为释种。同时，婆罗门教也逐步制定各种祭祀的方式，企图再以祭祀万能去巩固婆罗门的地位。

佛陀从有情的立场上纠正外道错误的见解。佛陀对祭礼牺牲，尤其血祭却极力反对。佛佗曰，“若邪盛大会，系群少特牛、水特、水悖。……如是等邪盛大会，我不气叹。……如是布施供养，实生是罪”，从不善业的角度驳斥了外道的邪见，主张不杀生，转而随顺世间火祭，劝勤供养三火——根本火，供养父母；居家火，供养父母并扩展到周围的朋友；福田火，扩展到供养诸沙门。佛陀还对卜问、咒术加以否定，并认为“幻法，若学者，令入堕地狱”。提倡善恶因果，指出佛法的命运建立在自身的身、口、意的因果关系之上。

这样，佛陀把假托神权的四种姓制度和假借神权而引起的祭祀、咒术、问卜给予剖析、澄清，提高了人的自我意识，回归到人与人之间人本性的伦理关系。因此，佛说：“我亦是人数。”佛法是自力的、否定外在的神，而从人自身的信仰、智慧、行为中逐步达到人生的圆成，尤其重视自力的净化。

因此，佛常用三处观——五蕴观、六处观、界观，来观察有情，更以此让有情明白自身的殊胜。蕴观，详于心理的分析，有情是情识的能知、所知，是物质与精神的总和，从而正确认识生命的现象。处观，详于生理的分析，即有六处根门不同，加以分别。“二因缘生识。何等为二？眼、色，耳、声，鼻、舌、味，身、触，意、法。”有情六根在认识六尘的过程中，生起诸受用事，处观也是以有情为中心，进而说明内心与外境的。界观，详于物理的分析，以地、水、火、风、空、识等六大来客观认清自体与世界。最终，说明有情是色、心的和合相续，没有一个恒常不变的“我”存在，也没有一个可主宰的“我”存在消除错误的见解，如《杂阿含经》中“三见者：有一和见，如是说：命则是身。复有如是见：命异身异。以作如是说：色（受、想、行、识）是无二无异，长存不变的”。破除那些神化的、恒常的观点，真正认识有情的自体。

有情为假名的，没有绝对的不变性、独存性。有情在蕴、处、界的和合而有相续生死流中流转。其原因有二，即无明和爱，如《杂阿含经》中：“于无始生死，无明所盖，受结所系，长夜轮回，不知苦之本际。”佛陀开示缘起法，揭示有情生死流转和还灭的根本事实，所谓：“有因有缘集世间，有因有缘世间集；有因有缘集世间，有因有缘世间灭。”另外，有情生生不息地在时间长流中存在，有其生存及生命的延续的动力—— 一切有情皆依食住。《杂阿含经》中说：“有四食资益众生，令得住世摄受长养，何等为四？谓一、抟食，二 、触食，三、意思食，四、识食。”其中，有增长身心的抟食；有意触生起喜乐受，即资益生命力的触食；有思心所相应的意欲的意思食；有执取身心的，与染受相应的识食。此四食关系到此一期生命的延续。意思食和识食的再创又影响到未来生命的延续。佛陀开显蕴观、处观、缘起法、四食等，不是只直从外界把握宇宙，也不是只重视内心，而是离此二边说中道，从有情的存在中，以有情为本观待一切，强调人的重要及殊胜性，这样就可以全面、客观地探究人生的意义。

佛陀又为我们开示正法，即四谛法。苦谛，现实人生要受身心，社会的种种苦迫，“生、老、病、死的四苦”，“爱别离苦，怨憎会苦”。集谛即苦果的因缘，即是以“爱，后有爱贪喜俱行受，彼彼喜乐爱”而有的苦，强烈地追求，必将引起各种苦迫；灭谛，苦迫的彻底解脱，如《杂含经》中“断除爱欲，转去情结，正无间等”。苦与集的消散即涅槃，在现实人生的体验中，实现解脱的自在。道谛，达到现觉真谛，实证涅槃的途径——八正道，即正见，有正确的见解；正思维，依正见而思维考虑；正语，确当的言论；正业，正当的行为；正命是正当的生活；正精进，通过身心的努力；正念，依正见、正思维而有认识；正定，身心平静。此八正道包括戒、定、慧三学，又是三十七道品的最终归趣。苦谛、集谛是世间法；灭谛、道谛是出世间法，为人的在家、出家修行奠定了充分的理论基础。

佛陀宣扬的一代教法，重在开发智慧，使人的身、口、意逐渐清净，消除贪、嗔、痴，解脱自在，逐向涅槃彼岸。八万四千法门也即是用种种方便的法门，引导众生正确观待内心和外在的环境，达到人生的圆成!

人人尽说佛陀好，游人哪知佛陀妙。少室山如蓝，傍泉听鼓眠。
吟经声似乐，武术迎霜雪。面壁莫徘徊，徘徊则断肠。

24. 永遇乐·唯识学在印度佛教史上的起源和发展

千古江山，英雄无觅，孙仲谋处。舞榭歌台，风流总被，雨打风吹去。斜阳草树，寻常巷陌，人道寄奴曾住。想当年金戈铁马，气吞万里如虎。

元嘉草草，封狼居胥，赢得仓皇北顾。四十三年，望中犹记，烽火扬州路。可堪回首，佛狸祠下，一片神鸦社鼓。凭谁问，廉颇老矣，尚能饭否？

——辛弃疾

千古江山，可堪回首。法相唯识宗亦然。

佛教在中国的演化开宗，大体肇始于纪元四到九世纪期间。法相宗为其时八个大乘宗之一。真谛和玄奘两大译师将此派传入中国，真谛把无相唯识思想传入江南地区，并成立了摄论学派；玄奘回唐译经，主要弘扬有相唯识学，由其弟子窥基创立慈恩宗，堪为中国人对外来佛教选择的结果之一。

唯识宗在唐代中道式微，虽仍为一些僧人所重视，但系统的传承已不复存在。

近代以降，法相唯识之学又再度兴起。19 世纪，杨仁山居士从日本取回大量唯识经典，弘扬唯识思想。直至今日，唯识学得到了空前的发展。

由是，“思其源，察其变”，准确把握唯识学的发源、萌芽、成长，了解其发展脉络及当时时代背景和思想背景，探究印度佛教史上唯识学派的起源和发展，将有助于理解唯识学的内涵，把握此宗的宗旨，对我们今天学修具有重要的意义，更益明白唯识的要旨。

唯识的发源

唯识学派从三世纪至七世纪的五百年内，在印度佛教思想界里产生了重大的影响。

“佛为法本，法由佛出。”同样，唯识学的思想理论的成立虽也受到了印度六派哲学的影响，但其本源还是佛陀的阿含经教。佛灭度一年后，由迦叶尊者为首，在王舍城进行第一次的结集了，其中的佛经即是四阿含经。《杂阿含经·五蕴诵》中，“五蕴就是色、受、想、行、识。”这是唯识所依据的基本思想。唯识经典如《五蕴论》、《百法明门论》、《大乘集论》即是对其基本思想的发挥和展开。唯识又依据四部阿含经中十二因缘诸经的最胜缘起法门经，建立了阿赖耶识缘起。唯识又根据《阿含经》中“四谛诵”的四谛义，说异熟果是苦谛；烦恼及业即是集谛；修五重唯识观，转八识成四智即是道谛；证得二传依果为灭谛等等。可见，唯识的思想发源于佛陀的阿含经教。

唯识的萌芽

佛灭度二百年后，佛教分为上座部和大众部两部——此为初期的部派佛教。随着佛法的不断传播，不同地区在上座部和大众部之上又出现不同的部派，有二十部派之说。南传上座部中，法聚论所明的心、色二法其实偏于心与心法；又说九心轮义实为大乘唯识心识生起的过程（即率尔、寻求、分别、染净、等流等五个程序）的基础，九心轮中的有分心在《成唯识论》中称为阿赖耶识，也即大乘唯识中的阿赖耶识。唯识又吸收有部一切法相组织，说一切有部对唯识影响很大。经量部中，熏习说、种子说与唯识根本识与转识熏习义有关，色法、心法各有种子，经部说有细意识和粗意识，细意识即唯识中阿赖耶识。另外，无着、世亲两位瑜伽师最初在有部出家，更受到部派思想影响，阿赖耶识也是弥勒至无着的中心思想。正如印顺导师所说，部派佛教蕴藏着大乘思想，唯识也不例外。

唯识的发展时期

唯识学真正发源于弥勒的《瑜伽师地论》，到了无着的《摄大乘论》而大成。从弥勒到无着是以一切种子为本即种子变现的唯识学。弥勒著的《瑜伽师地论》、《大乘壮严论颂》、《分别瑜伽论》、《辩法性论》、《辩中边论》等五部是唯识学的根本论，也称瑜伽弥勒学系，弥勒也成为第一位宗师。无着，也先在有部出家，修小乘空观，后修大乘观行，入定上兜率天请教弥勒唯识教理，他著的《大乘集论》是建立法相的根本。晚年著有《摄大乘论》，这是建立唯识的核心。世亲是以三类分别识为本，即是分别识变现的唯识学。这些是同一唯识的两大分流。世亲下的瑜伽派，分裂为安慧系的无相唯识和陈那系的有相唯识。世亲菩萨时期唯识学的思想与组织才完成。世亲后有十大论师，其中最伟大的如：陈那，南印度人，先在小乘犊子部出家，后随世亲学唯识及因明。他著有《集量论》、《观所缘缘论》等等，并依《观所缘缘论》立了根尘唯识义，又依《集量论》立心体为相分、见分、自证分的三分义。另外，陈那弟子护法的成就也十分显著。护法也是南印度人，本为王子，对唯识学理阐发精详，站在道理世俗谛的立场宣说唯识的"真有俗空"，认为蕴、处、界的一切法皆有。著有《大乘广百论释》、《成唯识宝生论》、《成唯识论》等。后传至戒贤，影响了瑜伽中观自立派的寂护。唐朝玄奘也即亲承戒贤的传承，回国后，由弟子窥基创立了慈恩宗。而关于安慧的无相唯恐识系，安慧是南印度罗罗国人，著有《辩中边论疏》、《唯识三十颂释》、《五蕴论释》等等，他以阿赖耶识为一切杂染法纪种子的住处，并由此阿赖耶识而生起思量识及了别识，结果又归于阿赖耶识。其弟子德慧主张种子的本有与新熏之合一论。至调伏天，也便影响了中观经量派的师子贤，也由南朝的梁陈时期真谛法师传入我国南方，在江南一带成立了摄论学派。

可堪回首，少林祠里，一片钹鱼暮鼓。凭谁问，吾侪壮矣，尚须进步！

25. 凭栏人·有关“大少林”软实力的几点思考

谁写江南一段秋，妆点钱塘苏小楼，楼中多少愁，楚山无尽头。

——邵亨贞

戊子年秋，结束了北京大学为期三年的硕士研究生学习，漫步未名湖畔，凭栏望去，秋阳杲杲，心中有一种非常充盈的感觉。三年研习，三年思索，在在皆是嵩山，是少林。于是有了《有关“大少林”和“大少林”软实力的几点思考》，兹录于此，以为它日。

五岳之一的嵩山，俯瞰河洛，位居华夏之中，是中国古代文明形成、发展的主导和核心地区之一。其中最具文化价值者，当为嵩山历史建筑群。这一建筑群体不仅分布密集、种类齐全，而且与周边独特的地理地貌、自然环境和人文环境协调兼容，令世人叹为观止。“天下第一名刹”少林寺更是享誉海内外。

为此，国家文物局报请国务院批准，已将嵩山历史建筑群申报世界文化遗产项目文本，报送世界遗产中心。同时，依世界遗产中心之相关章程，即一旦项目被审定为世界文化遗产，项目本身及周边地区之整修、建设等工作便不得逾越现状。特别是世界遗产中心专家之考察工作业已告竣。

如是，目前登封嵩山地区之现状，诸如发展的不均衡、空间环境之不尽如人意、文化氛围之相对淡薄、旅游业市场浅层次开发等问题之解决，便愈发紧迫。

鉴此，兹提出“大少林”概念，或许对发展登封旅游经济有所裨益。

一、“大少林”概念之政策背景

“大少林”概念以胡锦涛总书记“十七大”后有关宗教问题的讲话为指导。

“大少林”概念基于河南省建设文化产业大省的总体规划，特别是，郑州市以建设嵩山历史文化建筑群为主的文化产业发展规划。其中，坚持正确导向原则，确保文化产业发展的正确方向；坚持市场取向原则，充分发挥市场在文化资源配置中的基础性作用；坚持协调发展原则，正确处理文化事业与文化产业、文化产业与相关产业之间的关系；坚持可持续发展原则，科学合理地利用文化资源；坚持注重特色原则，保持中原地域文化特色；坚持改革创新原则，推动文化产业的体制创新、机制创新、技术创新、组织创新、内容创新，是“大少林”概念之政策背景。

“大少林”概念并试图从理论的高度、实践的角度，针对世界文化遗产的框架性规定、旅游文化产业发展的目标定位、文化资源的旅游开发与保护、旅游产品从资源开发模式向需求开发模式的转型、旅游产品的深度开发与体系建设、政府行为与旅游业的可持续发展、旅游文化产业经营与自主创新、旅游文化基础设施的融资新方略、景区与城区的互动等方面，就少林景区、少室景区之文化发展和旅游开发提出构想，并做规划和可行性分析。

二、"大少林"概念之定义

1. 定义

"大少林"是一个区域文化概念。它基于这一观点，即相对而言，文化的边界是依据各种要素的综合而人为标记的。同时，区域文化的独特性应予以重视，但也要相应地强调更大区域范围内乃至国家的文化共性。

由是，"大少林"定义为：登封市少林景区和少室景区之地理地貌构造、历史文化传承和社会经济发展这一相对独立系统的统称。这个系统，诚如恩格斯所言，是"'各种物体'的'相互联系'"。

就地理地貌特征而言，"大少林"自成一体，呈现为一个矩形结构，即北倚轩辕关，东临少林河，南接清凉寺，西为少林寺。这是"大少林"的载体。（见明傅梅《嵩书·峙胜·太室·少室》）

就历史文化传承而言，"大少林"是一个以佛教禅宗为核心，兼容并包儒、道两家的开放性体系，这是"大少林"的精神内涵。

就社会经济发展而言，"大少林"地区旅游经济等文化产业已有长足发展，并已产生大的品牌效益。

2. "大少林"的宗教历史渊源

就佛教传承而言，明陆柬《嵩岳志·岳形第一》即首推少林寺，而龙潭寺、清凉寺、龙华寺、宝林寺、竹林寺、初祖庵和二祖庵等均在"大少林"区域内。另，永泰寺明代曾并入少林寺，会善寺、法王寺、嵩岳寺、戒坛寺、卢岩寺、卢岩下寺向与少林寺于禅宗为一。

3. "大少林"概念的精神内涵

佛教自东汉哀帝年间传入中国，曾有中国佛教化之演进。而融合了儒家思想之禅宗的出现，则为佛教中国化之实践。少林寺以太室、少室二峰立名，向为禅宗祖庭，并有武、医传世，是为"大少林"之精神内涵。

三、“大少林”意义阐释

1. 历史意义和现实意义

“大少林”之历史意义，基于历史唯物主义的发展观，在于尊重历史，还原历史，是为“大少林”实践的史学基础。

“大少林”之现实意义，在于审时度势，与时俱进，是为“大少林”实践之宗旨。

2. 文化意义

禅宗是为多种文化和谐并存之结晶，是为“大少林”实践的文化背景。

3. 经济意义

通过“大少林”区域内各种要素的整合，实践科学发展观指导下的可持续发展，以适应登封地区产业结构调整，促进登封经济发展，是为“大少林”实践的方式和目的。

4. “大少林”区位优势

依登封市嵩山景区既有布局，计有东部之中岳庙景区，中部之嵩阳书院和法王寺景区，西部之少林寺景区和少室山景区。

三大景区中，以“大少林”区位优势为最。依据有五：

其一，交通一面，郑少高速纵贯全境。

其二，地理地貌一面，嵩山世界地质公园之主要部分均在其中。

其三，人文景观和自然景观之结合一面，见明傅梅《嵩书·峙胜·太室·少室》并禅宗音乐大典。

其四，处于嵩山核心地区。东与嵩阳书院隔少林河相望，南依清凉寺衔石人山，北倚轩辕关接洛阳。

其五，最重要者，当为少林寺既有的品牌效应。

四、有关“大少林”概念的几个理论问题的阐释并以“大少林”区域为例证

1. 世界文化遗产问题

（1）世界文化遗产具有多重价值。以“大少林”而言，它便同时具有：

历史价值。譬如，少林寺与禅宗之关系，塔林所记载的宗教传承，少林功夫、少林医典之历史；

美学价值。譬如，太室、少室二山与寺院之和谐相融，禅宗音乐大典与自然环境之合一，曲径通幽之清凉寺等等，所带来的感官愉悦；

宗教价值。少林寺作为禅宗祖庭，特别是达摩洞的象征意义；

社会价值。少林功夫的象征意义，使少林寺已然成为某一社会群体向心力之所在；

教育价值。在少林问禅这一特定仪式的解释中，学习、普及文化遗产知识；

经济价值。包括使用价值和潜在价值。现阶段，少林寺市场价值的开发和潜在价值的挖掘比较成功。

（2）从经济尺度考虑，世界上所有知道少林寺、抑或通过其他媒介认知少林寺的人，无论其是否实地造访过少林寺，“少林寺”都会给予快乐和满足，这便是少林寺的存在价值；

游人参观少林寺，反映了消费选择，这种效益称作选择价值；

认为从祖先那里继承下来的文化遗产应该原封不动地传给后代，即少林寺的价值在于作为历史遗产传给后代，这种效益是文化遗产的遗产价值。

（3）在考虑文化遗产的经济尺度时，必须认识到文化遗产的直接使用价值和非使用价值的区别。

通过建立使用价值，市场就会筹得资金来维护文化遗产，收取门票就是如此。问题是，当一些遗产的保护处于关键时刻时，如何确定它的使用价值和非使用价值便值得认真思考。譬如，现阶段登封地区正处于嵩山历史建筑群集中申遗的关键时期，它的使用价值和非使用价值，在既定章程的约束下应该还有进一步开发和完善的空间。

（4）文化遗产之纯审美价值容易确定，可见于各种典籍、论著。但在市场条件下，文化遗产的文化价值如何在纯艺术和经济尺度中寻找平衡？即以“少林寺”自身而言，“功夫”已达至一种平衡。它如禅、医，似还处于摸索之中，遑论“少林”这一符号所孕育的整体文化氛围。

找到遗产的经济价值很容易，因为有一个定量的规则，于是处理遗产保护的直接成本或是保护遗产所需资源的机会成本，都可以用金钱来衡量。

但另一方面，遗产的文化价值本身是多方面的、无形的，它包括审美、历史、精神、社会和符号等因素。同时，不仅有多层尺度定义文化价值，更重要的是没有统一的价值尺度衡量这些特征。

（5）联合国教科文组织文化遗产部副主任劳伦特·列维·施特劳斯有言：“由于世界遗产名录的发展将取决于将来考古和科学的发现以及人类思想的发展，因此，它应该保持彻底的开放。”

实际上，艺术和建筑史、考古学、人类学和民族学已趋向于研究那些能够充分表现全世界范围内过去和现在各种文化的复杂而多方面的社会组织、生活方式、信仰和技能。对文化遗产的研究，应该置于社会背景之下，理解好它与有形和无形环境的多样相互关系。

（6）文化遗产不应该仅仅具有美学价值，更应该具有独特的历史学和人类学价值，它们内在的意义以及它们的经济、社会、文化的重要性，远比其形式重要。因此，文化遗产必须以全方位、多层次和非简化的方式来反映人类文化的多样性，应该尽可能回归原生态状态，并保持彻底的开放。

以少林寺为例，它所蕴含着的非物质价值，即它与重大事件或现存的传统、思想、信仰和具有重大普遍意义的艺术或文学之所以相互关联，更多的是因为它的知识、道德或象征意义的价值。

(7) 世界文化遗产奈良会议曾倡导一种宽泛意义上的文化遗产的真实性，即不仅考虑遗产的材料，更要考虑它的设计、形式和用途、功能、诠释和技术，以及衍生出来的“精神”和“影响”，从而促使人们进一步思考、理解文化遗产两方面的问题，即形式和存在、身份和变化、存在的哲学概念和时间的关系问题。

(8) 近年来，文化遗产和自然遗产之间已逐渐出现了融合，因而出现了一类新的遗产形式——文化风景。且看少林及所属地区，登封 72 峰峰峰有寺院，环绕周围者，据明代傅梅《嵩书·峙胜》载，便有黄盖、青童、浮丘、玉镜、玄龟、紫霄、卓剑等近百处可圈可点之人文自然景观。但从定义上看，文化遗产所具有的历史价值，似还不能仅仅停留至此，仍有开掘的可能。现阶段，无论少林寺抑或整个登封地区，无论其宣传还是实践，都还没有此一发展趋向。

总而言之，文化遗产、环境关联和美感享受之三者合一，应该是理想的可持续发展观指导下的创新资源，具有被激励的能力。文化遗产保护前提下的开发利用，是实现文化自信、文化可持续发展，甚至文化多样性、多元化共存和大众化的一种手段。

2. 文化产业问题

(1) 就文化经济、文化产业、文化市场而言，大众所关注的，更多的是文化产品或文化服务。因为文化企业、文化城市、文化国家，归根结蒂是靠文化产品安身立命、塑造形象的，是靠文化服务来体现当今世界所推崇的“软实力”的。

(2) 文化产业发展规划的前提是需求，目标是对有效需求的满足度。因此，要对客观社会文化需求作认真调研、深刻分析、科学梳理、具体列类，要改变“资源依赖型”的主观盲动决策习惯，树立“社会健康文化消费需求针对型”的规划意识。

（3）文化产业规划应将开启人的心智能力作为重中之重，在增加自主知识产权的文化原创意的基础上，汇集资本、信息、人才，实现学界所谓“较高水准唯一性原则”。

（4）文化产品优质化、强势化的核心，相关要素计有：文化消费者具有何种规模化的文化需求，优质“文化经济提供物”的创意要有怎样的生成条件，文化创意如何转化为文化设计、制作、生产的资源，文化制成品怎样进入主流营销渠道实现网络化推广，最终满足目标市场的社会文化消费需求。

（5）文化产业之要义在于人。以人为本，应理解为人与自然之交融、与文化之相互理解。兹引《嵩岳志序》以为诠释，“夫山川之于人文，同于钟天地之灵秘，而其显晦盛衰，若有神物以扃钥其间，而不轻以示。故山川有生物之功，飞得人以赞襄之，则幽灵弗宣；人文有贲世之用，非得人以表章之，则潜德弗着。今功德扬烈，星月灿芒，则与山川人文不为无助云。”

3. 宗教问题

胡锦涛总书记“十七大”后有关宗教问题的讲话具有划时代意义，是“大少林”规划的指导方针。

总书记所提出的三点要求，一是要坚持党的宗教工作基本方针。发挥宗教界人士和信教群众在促进经济社会发展中的积极作用，坚持依法管理宗教事务，坚持独立自主自办，坚持积极引导宗教与社会主义社会相适应，鼓励我国宗教界发扬爱国爱教、团结进步、服务社会的优良传统，支持他们为民族团结、经济发展、社会和谐、祖国统一多作贡献。这是总书记对宗教界人士的期望。

二是要加强信教群众工作。要坚持以人为本，最大限度地把信教群众团结起来，把他们的智慧和力量凝聚到实现全面建设小康社会、加快推进社会主义现代化的共同目标上来。要坚持政治上团结合作、信仰上互相尊重，努力使宗教界人士和信教群众在拥护中国共产党的领导和社会主义制度、热爱祖国、维护祖国统一、促进社会和谐等重大问题上增进共识。这是对宗教界人士的要求。

三是要加强宗教教职人员队伍建设。要加大培养、选拔、使用工作力度，努力造就一支政治上靠得住、学识上有造诣、品德上能服众的合格宗教教职人员队伍。要发挥爱国宗教团体的积极作用，帮助和指导他们增强自养能力。这是对宗教界人士的关心、帮助和爱护。

五、现存问题

尽管登封地区文化产业发展已然取得了长足进步，但诸多因素掣肘，导致发展不均衡，并存在资源尚未充分利用的问题。举其大端者：

1. 人才方面

既缺有文化见识、文化自觉、文化自信和文化经济运作能力的文化决策者，又缺富有文化热情和文化资源配置能力的企业家和文化投资置业者。

2. 发展的不均衡

就全国乃至世界影响而言，现阶段登封地区仅少林寺一枝独秀，但近年来，仅旅游一项已呈下滑状态，危机潜伏。本来，少林寺在20世纪80年代便一直是中国旅游经济的先锋，应该在体验式旅游乃至旅行等方面先行一步，为全国旅游市场作一示范、表率。但由于少林寺土地存量不足，以及周边地区土地资源的配置不合理等因素而影响了少林寺的发展。

3. 空间环境

以少林寺现状为例，整体资源配置、布局不尽合理。相较于整个景区数十平方公里面积，现有18000平方米之建筑面积，使其无法展开更为深层次的开发。其他如通讯、电缆迄今依然处于裸露的状态，倘若改造，造价又太高。照明线路也直接影响景观。而景区的排污问题，虽很早就已提出，至今仍无动向。

4. 文化氛围

“大少林”景区尚未得到完整、深度的开发。除“少林寺”而外，缺少个性化精品。即便如少林寺，也缺失文化意义上的互动式体验和深层次的深度体验旅游，难称其为精品。

自然景观中的人文因素尚未有意识地梳理、开发，如太室、少室地区之峰、山、岩、岭、石、洞、水等，以及其与人文景观之关系。（见《嵩岳志·岳形第一》）

特别是修葺已毕的会善寺，资源似还未得到充分的开发和利用，2007年门票收入仅万元。倘若将其恢复为宗教场所，或可有大的发展。其他如清凉寺、莲花寺亦然。

所有这些，均与国际旅游市场标准有大的差距，导致登封市消费不足，限制了旅游经济的增长。

5. 旅游市场环境

旅行社基于经济利润和成本之考虑，不愿意也没有实力开发新的市场，从业人员的学养亦不足。

少林寺诚为登封品牌，以武扬名是为必须。然则似嫌底蕴不足、内涵欠缺，盖因禅文化氛围略显薄弱，且与禅宗祖庭名实不符，尚难领衔登封一地。其他如永泰寺，禅居、素斋虽已起步，商业味道更浓；嵩阳书院，虽已举办论坛，奈何未成声势，更与二程理学相去甚远，古代科学、地质旅游更未起步；嵩岳寺塔文化流于表层；中岳庙、法王寺则偏居一隅。

6. 世界文化遗产申遗

对世界文化遗产的两面性认识不足，未认识到世界文化遗产相关条款既能促进区域经济发展，还会对区域文化产业规划产生大的约束。而现阶段申遗过程中，由于时间紧迫，存在着资金的平均分配、景点修葺过程中的粗糙施工，尤其是捆绑式申遗等一系列问题。

前述问题，倘不迅即应对并采取适当的措施，一旦申遗成功，将会制约景区的改造，对景区的发展带来致命的影响。

六、“大少林”软实力

“大少林”软实力的定义是：禅宗祖庭地位所决定的文化的吸引力、文化形态和价值观的吸引力、舆论的赞赏和认可、嵩山地区各寺院实体之间的亲和力以及少林寺发展道路的制度模式的吸引力的综合。

具体而言：

1. 文化的吸引力和感染力

禅宗是为多种文化和谐并存之结晶，特别是习少林功夫的人数范围及特有影响、少林功夫的特点、少林功夫的繁荣及推广体制，是文化的吸引力和感染力。

2. 文化形态和价值观的吸引力

就历史文化传承而言，以“大少林”的佛教禅宗祖庭为核心，兼容并包儒、道两家的开放性体系。“大少林”的这一精神内涵，可以视为文化形态和价值观的吸引力。

3. 实体间关系的亲和力

从佛教渊源角度，“大少林”地区多数寺院与少林均有传承关系或其他。

4. 发展道路和制度模式的吸引力

少林寺的既有模式。

5. 舆论的赞赏和认可程度

就社会经济发展而言，“大少林”地区，旅游经济等文化产业已有长足发展，并已产生大的品牌效益。

综上，少林的软实力可以归纳为：推广中国传统文化的先行者、凝聚全世界习武者的圣地、历史文化交流的推进剂。

七、“大少林”概念的实践及其可行性分析

综上所述，基于“大少林”概念是对嵩山少林景区、少室景区内历史文化和自然景观资源的整合，考虑到目前嵩山历史建筑群申报世界文化遗产的进程及其中、远期发展趋势，依据国家文物保护十六字方针，和《郑州市嵩山历史建筑群保护管理条例》，“大少林”概念似可成为现阶段可行之措施。

1. “大少林”规划点、线、面及区位优势

“大少林”之矩形空间，轩辕关以南之西线，作为少林寺景区，宏观开发已初具规模，少林寺本身业已形成此一空间一核心点。以此为中心点，结合前述有关文化遗产之思考，进一步辐射、拓展后之深层次梯度开发，当为少林寺之规划。

南部之莲花寺、清凉寺一线，尤其清凉寺，因客观原因所致，目前尚不具备开发条件。

如是，少室山以东之少林河一线，就目前情况来看，在重新配置资源的基础上，最具开发潜力。

具体而言，即在东线选取会善寺为一新的旅游经济增长点，使其成为沟通登封市西部景区和中部景区的枢纽。其地理地貌意义，在于嵩山地质文化之统一；其文化意义，在于禅、儒两家之融合，并与少林寺形成互补关系，由是而东并毗邻登封东部中岳庙之道家文化。

2. 会善寺之定位

“大少林”框架体系内现代文化产业之“综合文化功能区”。

“大少林”框架体系之张力，即视野（大少林）决定方向，深度（文化）决定影响。

所谓视野决定方向，即指“大少林”的文化指向。

所谓深度决定影响，即指在当今世界信息发达、文化多元的时代，需要建立厚重的佛教文化发展观，在对社会发展趋势敏锐洞察的基础上，众缘和合，推动佛教的人间化、生活化、大众化发展进程，进而服务社会、服务大众。众缘就是积聚众多的因素、众多的条件，去成就“大少林”事业。

3. 实践之可行性

会善寺之整修工作已告竣。倘若仅为文物场所，鉴于该寺现存文物有限，从文化遗产之遗产价值角度而言，期望其短期内产生使用价值有一定难度。

因此，就目前情况为而言，恢复会善寺为开放的宗教场所，不失为一种选择。既可以更好地保护文物，又能推动地方经济发展。更重要者，“大少林”概念所设想的会善寺“综合文化功能区”之定位，还可与少林寺形成互补。

有关“大少林”和“大少林”软实力的几点思考，一直是在师父释永信大师的教诲之下。成文之日，师恩点点滴滴，在在于心，正是“谁写京华一段秋，妆点勺园学子楼，楼中多少尳，少林在心头”。

26. 醉妆词·“大少林”的申遗思考

这边走，那边走，只是寻花柳。这边走，这边走，莫厌金杯酒。

——王衍

当地时间2009年6月26日，在西班牙召开的第33届世界遗产大会上，我国申报的登封“天地之中”历史建筑群（原名嵩山历史建筑群）申遗项目遭遇意外落榜，未能入选《世界遗产名录》。适逢我正在修改自己的文稿《少室笔记》，有鉴于我曾在《有关“大少林”的几点思考》一文中，有过相关论述，遂在读书基础上作如下思考。

一、关于“软实力”的读书笔记

一个国家综合国力的构成要素，通常可分为有形力量与无形力量，即硬实力与软实力。

一般而言，相对于生产总值、城市基础设施等硬实力而言，文化、价值观念、制度等能够影响发展潜力和感召力的因素，被称为软实力。

硬实力（Hard Power）是指支配性实力，包括基本资源（如土地面积、人口、自然资源）、军事力量、经济力量和科技力量等；软实力

(Soft Power）则为国家的凝聚力、文化被普遍认同的程度和参与国际机构的程度等。

软实力的概念，最早由美国哈佛大学教授约瑟夫·奈于20世纪90年代初首次提出。按照约瑟夫·奈的观点，软实力是一种能力，它能通过吸引力而非威逼或利诱达到目的，是一个国家综合实力中，除传统的、基于军事和经济实力的硬实力之外的另一组成部分。

约瑟夫·奈认为，在信息时代，软实力正变得比以往更为突出。进而，他又把软实力概括为导向力、吸引力和效仿力，概而言之，即一个国家思想的吸引力和政治导向的能力。

就国家而言，“软实力”主要包括以下几种内容：一是文化的吸引力和感染力；二是意识形态和政治价值观的吸引力；三是外交政策的道义和正当性；四是处理国家间关系时的亲和力；五是发展道路和制度模式的吸引力；六是对国际规范、国际标准和国际机制的导向、制定和控制能力；七是国际舆论对一国国际形象的赞赏和认可程度。

其实，早在20世纪70年代，美国学者克莱因就提出了有名的“国力方程”，把“战略目标”与“国民意志”作为衡量国力的重要组成部分。无论是“战略目标”还是“国民意志”，都是极其复杂、难以用静态标准来衡量的无形因素，也可称为软实力。进而，另一位美国学者斯拜克曼把民族同质性、社会综合程度、政治稳定性、国民士气等，也都视为软实力。

显然，硬实力是指看得见、摸得着的物质力量；软实力所指的就是精神力量，包括政治力、文化力、外交力等软要素。两者既紧密联系，又互相区别。它们不是简单的加减关系，而是相辅相成、相互制约和协调的。硬实力是软实力的有形载体、物化，而软实力是硬实力的无形延伸。在当前世界经济一体化浪潮、信息革命和网络时代的背景下，硬实力的重要性显而易见。软实力则具有超强的扩张性和传导性，超越时空，对人类的生活方式和行为准则产生巨大的影响。

二、“大少林”的硬实力和软实力

在《有关“大少林”的几点思考》一文中，我曾尝试着为“大少林”定义如下：嵩山少林景区和少室景区之地理地貌构造、历史文化传承和社会经济发展这一相对独立系统的统称。

就地理地貌特征而言，“大少林”自成一体，呈现为一个矩形结构，即北倚轩辕关，东与嵩阳书院隔少林河相望，南依清凉寺衔石人山，西为少林寺。这是“大少林”的载体。

倘若依前述有关硬实力的定义内涵，大少林的硬实力可以概括为：其一，交通一面，郑少高速纵贯全境；其二，地理地貌一面，嵩山世界地质公园之主要部分均在其中；其三，人文景观和自然景观之结合。

“大少林”软实力的定义则为：禅宗祖庭地位所决定的文化的吸引力、文化形态和价值观的吸引力、舆论的赞赏和认可、嵩山地区各寺院实体之间的亲和力、少林寺发展道路的既有的品牌效应和制度模式吸引力的综合，以及近年来已具备品牌效应的禅宗音乐大典。

三、关于申遗

本次世界遗产大会上，尽管登封“天地之中”历史建筑群符合世界文化遗产价值标准，“天地之中”历史建筑群项目的真实性、完整性和保护管理水平也都得到世界遗产委员会委员们的一致认可；但是，由于中西方文化理念存在的差异，世界遗产委员会的绝大部分委员认为，现提交的申遗文本，存在着“天地之中”传统宇宙观和嵩山“圣山崇拜”理念的交叉重叠，未能表述清楚“天地之中”和“圣山崇拜”的内在关系。

无疑，申遗文本在有关软实力的阐述上略显不足。

窃以为，“圣山崇拜”和“天地之中”两个概念，“圣山崇拜”作为一种文化现象，究竟含有物质的（圣山）的成分，由是可视为硬实力；而“天地之中”，在中国人的宇宙观中，更多是一种精神、思辨层面的概念，所谓道可道非常道，名可名非常名，则可视为软实力。

如是，倘若从“圣山崇拜”之硬实力和“天地之中”之软实力的辩证中，就申遗文本作调适，或可吻合世界遗产委员会委员们的建议标准。

具体而言，在嵩山历史建筑群这一具体的区域层面上，似应更多考虑“圣山崇拜”的文化吸引力和感染力（禅宗是为多种文化和谐并存之结晶）、文化形态和价值观的吸引力（就历史文化传承而言，以佛教禅宗祖庭为核心，“大少林”区域兼容并包儒、道两家，是一开放性体系。“大少林”的这一精神内涵，可以视为文化形态和价值观的吸引力）、实体间关系的亲和力（从宗教渊源角度，“大少林”地区多数寺院与少林寺传承关系或其他）、发展道路和制度模式的吸引力（少林寺的既有模式）、舆论的赞赏和认可程度（“大少林”地区旅游经济等文化产业已有长足发展并已产生大的品牌效益）。换言之，要注重硬实力和软实力之间的张力。

这便是，**硬实力，软实力，只是两种力。软实力，硬实力，莫厌寻张力。**

乙卷 词意·读景

中国旧籍文论著作中，诗话、词话一类居多。唯独“文话”，是比较少的。虽然文的传统久远得很，但间或有之，也多掺杂于其他著述之中。

有清一代，许奉恩所撰《文品》是为其一。许奉恩字劚坪，安徽桐城人，生卒年均不详。从《安徽通志·艺文考·小说家类》和他自述癸卯年（道光二十二年，1843 年）参加秋试到三十年后（同治十三年，1874 年）完成《里乘》，我们可以知道他主要生活在道、咸、同三朝间。

许奉恩“有隽才”，在当时“诗文皆知名”，但“一生科举不达，沉沦不遇，为幕僚以终”。他在世之时适逢太平天国，身历太平军之乱，流离转徙，虽甚是艰辛，但动荡之中倒也闻见甚广，尝记所闻为《风鹤涂说》，藏稿武林，城陷因遭散佚。又仿《聊斋志异》为

《里乘》十卷，积三十余年始成。有“兰苕馆所著十余种”。但从本书方锡庆《跋》知，其著作首先付梓的是《兰苕馆外集·里乘》十卷。此外，存世的也只有《兰苕馆诗抄》十一卷、《桐城许劚坪文品论诗合钞》二卷及由他人口述、别人为记的《转徙余生记》几种。

《里乘》已为“笔记小说精品丛书”之一，该书是在蒲松龄的《聊斋志异》和纪晓岚的《阅微草堂笔记》影响下产生的作品。奉恩在《序》中自诩为鼎足于蒲、纪氏之间而自成一家。然而，《里乘》学《阅微》而欠其丰厚，学《聊斋》而欠其轻灵飘逸。虽然如此，后人论者以为《里乘》的许多篇章至今仍有认识价值，也不乏曲折生动耐人寻味的篇什。

关于《文品》，今人郭绍虞先生称其“许氏文品足弥艺林之缺憾”。

后学延裕则对《里乘》不甚喜欢。唯独《文品》，虽郭绍虞先生谓其“不免叠床架屋之讥”，然读经之余，每每于登封城中公干时，便时时想到这三十六则四言诗，读来朗朗上口。如是引为“读城”之主脑。

27. 轩辕关篇·高浑

神游琅嬛，肃穆动颜。彝勺灿设，鸡龙翩翾。模谟范典，式诰绳盘。黄农礼乐，巢燧衣冠。混沌不凿，太璞独完。造化在抱，元气弥漫。

——许奉恩

以许奉恩之“高浑”欣赏登封，确确然矣。

先看自然一面。登封地处嵩山腹地，地形以山地丘陵为主，而嵩山自古就有“少室如凤舞，太室如龙眠”之说，太室之雄浑，少室之峻峭，一舞一眠，一阴一阳，很形象地道出了太室、少室二山的地势特征。

我曾将“大少林”之地理地貌特征定义为——东临少林河，西衔少林寺，南接清凉寺，北倚轩辕关之矩形结构。在这一矩形结构中，凝聚了登封最为壮丽的自然景观——“五世同堂”的地质地貌，和众多人文景观——少林寺、轩辕关，尤其是时下还不为大众更深层了解的会善寺和轩辕关。

然而，在这一矩形结构中，无论从自然一面，抑或历史一面，唯有轩辕关，尽显登封之壮美、高浑。

轩辕古关位于嵩岳之阴的轩辕山上，其关隘的历史始于五帝时期的夏禹时代，是我国最为古老的关隘之一，有着极为重要的历史地位。明代陆柬《嵩岳志》谓其“轘辕”，又名“轩辕”“崿岭”“娥岭”，位于登封市西北十三公里的太室、少室两山之间。《楚辞·天问》洪兴祖补引《淮南子》：“禹治洪水，通轘辕山”，堪为最早的记载。而南北朝时期《文选》作者薛琮所注，“轘辕坂十二曲，道将去复还，故曰轘辕”，是为轩辕关关名的最早注释。随后，《管子地道篇》则有“轘辕道之险”一说。唐代房玄龄也注有“谓路若辕，而又轘曲”，即此地山道如辕似轘。而《春秋左传》“晋栾盈奔楚过周，王使侯出诸轘辕”当为史册之最先。《二十五史》中有关轩辕关之记述达二百余处，足见其历史上的显赫地位。

轩辕关关隘两侧，两崖怪石嵯峨，山势雄伟险要，石塞嶙峋似剑，道路曲折盘旋，所谓“一夫当关，万夫莫开”，向为历代兵家必争之地。因山路曲折旋绕，又名“十八盘”。尤其是，晨起雾遮山腰，行人来往其中，从下边向上看，好像有神仙正在腾云驾雾一样，故有“轩辕早起上云端”之说。身居关隘，北视关下，可以看到雾浪翻滚，云烟缭绕，瞬息万变，气象万千。有诗曰：“陡仄轩辕道，翠屏列上巅。高峰常疑日，密树不开天。风急摧残叶，关峡锁云烟。早行凭眺望，霭霭白云连。”即此。

轩辕关上的山崖下，喷流着一股清泉，名曰“剑引泉”。传说：汉高祖刘邦率领大军欲攻秦夺潼关，途经此地，人困马乏，滴水不见。部下一个急将，在关上写了一首打油诗：峨岭似火口，滴水难以瞅。过此喉冒烟，此道不可走。刘邦见到此诗，抬脚将诗抹去，拔剑劈进山崖，结果引出一股泉水，故名“剑引泉”。

关于轩辕关，我的同乡、偃师市著名的文史学者高猷中先生之考证，应该说是目前最为确切的。先生早年从事交通行业，曾主持和参与轩辕关的最近一次改道，对于古关称谓的混乱久已留意，曾多次实地对该关的变化进行踏查。

“华夏民族最初一国家形成管理部族，先是在它之南颍河流域的阳泽、阳城等地，筑城兴国，而后经此关向北在伊洛河流域斟鄩（今偃师二里头）鄩城一带发展，铺开了中华民族夏、商、周三代，以及后来诸朝王都春秋更替的画卷。轘辕古关位于九朝帝都洛阳东南，是京都通向许、宛、荆襄及江南的主要通道，在政治、军事、经济上都具有重要战略意义。

“但是，这座光耀史册的著名关隘，明清以后对它的记载及其称谓却比较乱。在嵩岳轘辕山间有两座关隘，东北是轘辕关，位于轘辕山梁间，夹岩削壁，呈人工开凿状；西南是崿岭关，位于轘辕山与五乳岭交界处，沿五乳岭西崖凿道，其关置于两山之间低凹处。两关相距约三华里。这是轘辕关所处的现状。但一些典籍上的表述，要么把两关混为一处，统称轘辕关；要么是把崿岭关称为轘辕关，或称轘辕关为崿岭关；有的还把崿岭和登封境内的石羊关混淆起来。”

高先生认为，轩辕关历来只有一处。

“轘辕关位于轘辕山西段山梁间。其关利用南北山体较薄条件，凿梁而成关，出关向南便是直通少室之阴的天然峡谷。关峡东西宽约8米，上下削壁，两侧高约10米，夹岩成谷，谷深约30余米。现状勘察看，呈人力开凿状。其关建于峡南侧，为砖石所砌，一洞相通，拱形洞顶，其门洞南北长14.7米，高4.7米，宽3.5米。现存关隘为清乾隆十五年九月修葺，关北门上嵌有‘古轘辕关’阴刻四字，单字大约米许。

“见于典籍说法，最早的是禹开轘辕山，虽系传说，但居关四望，不容不信。其山南入登封自然峡谷，北入偃师于环形山梁的中间地带望中轘辕谷面依牛心山蜿蜒开阔，关路依壑谷西岩左右盘桓，路形随坡就势，虽捷径陡峭，但筑起路来避免大的开挖，省工方便。在遥远的古代，我们的祖先在此选址通关，不能不说是最佳方案。

“需要说明的是，典籍上所说大禹开的是轘辕山，并不以‘关’称。

而至东周以后周王室送晋大夫栾盈也是'出诸轘辕'，也并未称其为'关'。看来，古代生产力低下，所开轘辕，只是为了治水通行便捷，并不会有多深，也不是为了疏水导流。轘辕古关成今天这种状态是历代不断修凿的结果。

"汉武帝时，元封元年春正月、二年冬十月两次'行幸缑氏'，入嵩岳，对轘辕关故有山道进行开凿。此道出关北绕西崖盘环直下，至今府店镇东沟村南崖折而西北过通济桥入参店村，出村再西北，可通洛阳，正北则直达偃师。自东沟村处攀缘此道，因其处于轘辕谷西崖，临崖就是大壑深涧，弯多坡陡，但举目望去，关似在眼前。至近关地段，随处可见人工凿石，如车辙痕迹，崖壁及路基上凿痕整齐排列，最高处在三米以上。

"西汉以后八百年间，史籍上没有留下修凿古关的记载。进入唐代，尤其是唐高宗李治执政期间，轘辕古关及其道路才迎来了又一次大规模的整修。《旧唐书》和《新唐书》所载，唐高宗显庆年后，以洛阳宫为东都后，高宗李治和皇后武则天多在洛阳，由于高宗'多苦凡疾'，身体不好，皇后武则天又独恋中岳山水，在嵩岳之阳建宫设苑，避暑静养，有时竟数月不归。由于他们频繁来往于洛阳和嵩岳之间，为皇家下决心修凿轘辕提出了现实要求。因此清人景日昣《说嵩》中称，'唐高宗屡入嵩，凿山开道如车箱。'清乾隆《偃师县志》亦称'将至关（轘辕），两石夹立如削，有斧凿痕，即唐高宗所开车箱道'。据《嵩阳石刻记》载，为适应皇家的需要，这段路整修开挖了五年。由削壁如箱的现状看，今天呈现在我们面前的旧轘辕关，大部分当是在唐代完成。但关北下山道路，与汉代所修道路不相重，汉、唐二路平行，方向大致相同。但唐路高于汉路十余米，出关西北里许，穿牛心山路形，较汉路平缓且宽敞，人工开凿痕迹清晰。当地人称汉路为'下道'，唐路为'上道'。自牛心山山头西折东屈，在牛心山山梁西，崿岭谷东崖盘环而下，避开汉路自今东沟村南折而西北的弯道，自坡脚西南直接通通济桥入今参店村。从汉、唐两路所经路线看，唐路较汉路坡度平缓，回环弯度也大。

“唐代高宗年间对轘辕关的开凿，是有史可考较大形势开凿的第三次，也是最后一次。这一时期是轘辕古关最为辉煌和显赫时期。其关承载的不是金戈铁马、惶惶人流，而迎来送往的是帝王、干臣、女皇、嫔妃。由于其地位重要，开元元年‘曾设轘辕县，为府兵所在’。我们现在所能看到的古关风貌，依然保留着唐关的斑斑痕迹。唐代以降千百年来，这里清静荒凉。今日临关，除了其上山坡间所植的新柏外，其下也只是野藤乱草、零牛散羊，偶见取道‘上道’、‘下道’入关的香客，给人的感觉依旧是幽僻寂然。”

至于崿岭关，献中先生认为自是一处。

“崿岭关位于少室北、五乳岭东与轘辕山相接处，两山中呈自然峡谷，其关置于峡谷西崖，东南去郭店、登封；西北自五乳岭东崖盘环而下至偃师、洛阳。也称崿坂关，俗称崿岭口。

“最早记载此关的是《晋书·地理志》‘阳城有崿坂关’。

“至宋，据清《登封县志》载之‘宋知县马仲甫，悯道险厄，佣每年凿平为坦途，其上置关’。清《偃师县志》不仅在《图绘》中标出此关位置，而且也有同样的记载：‘有轘辕关碑在崿岭口，为宋知县马仲甫佣民所凿。人便其利，刻石纪美。’看来唐宋之交，崿岭坂道路已经成为过往行人自感方便的通道。

“至明代，崿岭关虽然完全不能和当年轘辕关同日而语，但仍然以一个独立的关隘存在。明末清初，崿岭曾被放弃。清康熙三十三年七月《重修碑记》有载‘西北秦晋大道，东南齐楚要衢，商贾行旅，寒暑易阻，树木丛林，荆棘茂盛，虎狼当道，行人被伤，贼盗潜藏，客商失货……’

“直到民国年间，1936 年蒋介石曾游中岳，登少林，责令洛阳行署督察专员李杏林，召集登封县长毛如采、偃师县长马维轸共商整修崿岭坂公路事宜。由当时的河南省建设厅派出工程技术人员实地勘察，修筑了中原地区著名的‘十八盘’，也就是后来的偃登公路。

“建国后，仍以原嵧岭关为基础，几经扩宽整修，形成了可以通行汽车的偃登公路。至20世纪80年代，偃登公路又进行了更大规模的整修，原来从五乳岭东崖南去嵧岭口，现通过裁弯取直，拉长坡度，减少回环，新道从参店村中改行村南，蜿蜒至东沟村东南回环而上，横穿嵧岭、轘辕三条故道，自轘辕山西崖入嵧岭口南去登封。”

无疑，轘辕和嵧岭是历史上称谓不同、道路相异的两座关，嵧岭关自晋成路，至宋设关，宋以后一直使用此道。千余年来经多次整修，不曾间断。当地人只知道嵧岭口、“十八盘”，而见诸文字、史籍的则是轘辕关。这究竟是怎么回事呢？高先生指出，把“轘辕”、“嵧岭”二关合二为一，统称“轘辕”的，是清代以来后人归纳的说法。这其中，清康熙年间进士、曾任户部侍郎的登封人景日昣之《说嵩》一书，是为其一。《说嵩》云，“轘辕关有二道：一在北，唐高宗屡入嵩，凿山开道如车箱，历代置关至所；一在南，在今之嵧岭，行人以北道幽折，林壑隐奸，多以南道轩敞为便。”

显然，由于景日昣之身份，此言一出，方志便引以为据。如清《登封县志》“轘辕山，旧志：一名嵧岭。俗称嵧岭口。”现今不少学者乃至书籍中的轘辕关，就是在这种影响下形成的。

学者自有学者的考据。但是，就普通人而言，徜徉于十八盘，默诵着清代偃师学者乔一房的诗篇《轘辕关》，“参差危蹬十余盘，爽气东来二室寒。旧日轘辕还有路，行人常在乱云端”，胸中涌动着的，不正是“造化在抱，元气弥漫”么？

这就是杜甫《望岳》所吟咏的“造化钟神秀，阴阳割昏晓”。

轩辕关真是陆放翁的“造化之尤物”啊。

此便足矣。

28. 崇高篇·峭拔

宝塔凌云，尖锐如笔。置身绝顶，遐睇八极。古木寒鸦，远山落日。野竹干霄，枯藤缠壁。渔翁罢钓，炊火丛荻，前临大江，断岸千尺。

——许奉恩

徜徉于登封城，无须刻意找寻，抬头北望，便是峻极峰。阳光的辉映之下，崖壁如刀削般，古木寒鸦、远山落日，四时皆然，四季皆然。

这便是峭拔。

在自然界的诸多景观中，崇山峻岭之峭拔，是最具有崇高属性的。峭拔之美，绝非一般意义上的优美，而是雄壮的美，雄伟的美，是壮美。

以汉武帝刘彻游嵩山正式设立崇高县始，登封城便在这峭拔之壮美中——巍峨雄壮的山峰、展翅凌云的鹰隼、直泄而下的飞瀑、傲立悬崖的劲松——走过了两千来年。

一座城，在这么久远的历史长河中，伴着峻极峰，冠名以崇高，五岳之中，登封当为个例。

然而，登封之崇高，之峭拔，之壮美，首先是那“五世同堂”之自然景观，这美，以中国传统美学中的“阳刚之美”誉之，应该说是恰如其分的。有清一代大学者姚鼐在《复鲁絜非书》中论及文章不同风格的一段文字，用于嵩山，也是很贴切的："其得于阳与刚之美者，……如霆，如电，如长风之出谷，如崇山峻崖，如决大川，如奔骐骥；其光也，如杲日，如火，如金镠铁；其于人也，如凭高视远，如君而朝万众，如鼓万勇士而战之。其得于阴与柔之美者，……如升初日，如清风，如云，如霞，如烟，如幽林曲涧，如沦，如漾，如珠玉之辉，如鸿鹄之鸣而入寥廓；其于人也，漻乎其如叹，邈乎其如有思，暖乎其如喜，愀乎其如悲。"

不是吗？当你仰视峻极峰时，嵩山那粗犷、博大的姿态中蕴含着的劲健的物质力量和精神力量，那雄伟的气势，你会受到震撼，进而受到强烈的鼓舞和激越，引起敬仰和赞叹的情怀。你不可能没有一种圣洁、庄严的敬畏感，不可能没有一种狂喜、大悲甚或恐惧感。情感的起伏跌宕，正是在这大自然的强大威力面前一泻千里，从而提升和展延人的精神境界。

这也正是孟子所言"浩然之气"，是他所言"充实之谓美，充实而有光辉之谓大 "。这"大"，鲜明强烈，广阔宏伟，是一种辉煌壮观的美。

儒释道三家由是而据此弘扬精神之至纯、至善、至美。这绝非一个偶然。

至于《汉书·郊祀志上》所载，"（ 武帝）乃东幸缑氏，礼登中岳太室。从官在山上闻若有言'万岁'云……乃令祠官加增太室祠，禁毋伐其山石，以山下户凡三百封崈高，为之奉邑"，颜师古注，"崈，古崇字耳。以崇奉嵩高之山，故谓之崈高奉邑"，王念孙《读书杂志·汉书一》"崇高"，"崇高即嵩高，师古分崇、嵩为二字，非也。诏曰'翌日亲登崇高'，《志》曰'以山下户凡三百封崈高'，则崇高本是山名，而因以为邑名，非以崇奉中岳而名之也"，只是儒释道三家立命的根基罢了。

29. 嵩阳篇·清淡

秋水半潭，游麟四旋。桐阴过雨，月出娟娟。素心人来，挥尘谈玄。缤纷玉屑，亦佛亦仙。虢国夫人，清趣极妍。娥眉淡扫，骑马朝天。

——许奉恩

周予同先生在论及经学时，曾有言，“今文学以孔子为政治家，以六经为孔子致治之说，所以偏重于‘微言大义’，其特色为功利的，而其流弊为狂妄。古文学以孔子为史学家，以六经为孔子整理古代史料之书，所以偏重于‘名物训诂’，其特色为考证的，而其流弊为繁琐。宋学以孔子为哲学家，以六经为孔子载世之具，所以偏重于心性理气，其特色为玄想的，而其流弊为空疏。”

这是周先生为皮锡瑞《经学历史》所作序言，皮鹿门之《经学历史》我读的不是很多，但这篇序，惟其不长，便时时披览。每每读到此处，我便常常在想，登封之人文遗产，于我而言，首推少林，次为会善，次为嵩阳书院。但我所喜好的登封这三处寺、院，从佛学的角度而言，比附于周先生之说，嵩阳书院当为政治的，少林寺是为历史的，而会善寺则是哲学的。

如是，不能不先说说嵩阳。

嵩山之阳的嵩阳书院，山峦环拱，溪水长流，松柏参天，清雅静谧。政治的色彩确确是过于浓厚了。之所以如此说，盖由于它在登封，尽将儒释道三家包揽其中。先为寺、继为观、再为宫、终为院。古柏三株，又传为汉武帝登嵩山时所封。乾隆游历嵩山时，也曾留下“书院嵩阳景最清，石幢犹记故宫铭”的诗句。即或大门对联，“近四旁，惟中央，统泰华衡恒，四塞关河拱神岳；历九朝，为都会，包伊洛瀍涧，三台风雨作高山”，字里行间也透着一股豪气、霸气、王者之气。

虽然，作为书院，宋代理学的“洛学”创始人程颢、程颐兄弟都曾在嵩阳书院讲学，嵩阳书院由是而成为宋代理学的发源地之一；但就今日而言，明道学派的影子真可以说是荡然无存了。其他如先后在嵩阳书院讲学的范仲淹、司马光、杨时、朱熹、李纲、范纯仁等大儒，哪个又不曾和政治有着千丝万缕的连接，哪个又曾浸淫于经籍之中而不屑尘世俗务?《资治通鉴》，且就书名，已然说明一切，其中第 9 卷至 21 卷，司马光就是在嵩阳书院和崇福宫完成的。

时至今日，郑州大学又获准成立“郑州大学嵩阳书院”，其办学宗旨，便是坚持社会主义办学方向，以弘扬中华文化、中原文化为主，以培养国学人才、文化事业及文化产业发展专门人才为主，兼顾适合嵩阳书院特点多学科发展，努力为河南省的改革开放和现代化建设服务。

但嵩阳书院环境实在幽美，布局严整，古朴雅致，大方不俗，真不失为读书胜地。且不说院内清初风格的五百余间殿堂廊房，诸如先师祠、讲堂、道统祠、藏书楼，以及书舍、学斋，还有儒家弟子中举之后回来绕行怀念宗师孔子的泮池等等；更不消说院内廊房墙壁上镶嵌的历代文人、墨客的题字留言；只需想想鼎盛时期那 2000 多册藏书，想想这藏书后面蕴涵着的尧、舜、禹、周公等曾经居住过的地方，想想学子们诵读经卷时的“如沐春风”，油然而生的，就是古朴典雅之美。

但是，嵩阳书院最为引人之处，恰恰是书院东墙外。秋天一到，其缤纷玉屑处，虽游人如织，摩肩接踵，但和一二素心朋友围坐于溪涧之中嶙峋怪石边，挥尘谈玄，想着院内有着 4500 年树龄的将军柏，默诵着赵朴初老先生“嵩阳有周柏，阅世三千岁”的诗句，闹中取静，时有亦佛亦仙之感，便给人一种历史的沧桑沉寂之美。

这或是我喜好书院之处。

30. 会善篇·沈厚

严肃如冬，温和如春。泰山盘石，一发千钧。正襟危坐，心晤先民。扩充学识，凝练精神。履险若坦，驭驳惟纯。拨乱反正，宗社大臣。

——许奉恩

会善寺已修葺完毕。

嵩山寺院众多，山上七十二峰，山下七十二寺。其中，位于登封市区西北6公里积翠峰下的会善寺，尤为左依象鼻山，右据卧龙岭，中有溪水从寺院西侧夹流而下，周围林木茂盛，山清水秀，林深谷幽，花木葱郁。古人曾这样描写会善寺，“清冷禅室水，照耀夕阳山……归来余逸兴，月夕媚烟鬟。”

会善寺山门前，镌刻有颜真卿手书“天中山”的影壁，字虽出自汝南，虽有《禹贡》所载“禹分天下为九州岛，豫为九州岛之中，汝为豫州之中，故为天中”一说，但就中岳嵩山而言，倒也贴切。我由衷地佩服当初移刻“天中山”三字于此的创意。

会善寺于我，堪为情有独钟。

我曾在两年前提出了确立、弘扬并推广“会善文化”的构想。

会善寺原为魏孝文帝离宫，正光元年（公元520年）复建闲居寺。

隋开皇中隋文帝赐名会善寺。武则天巡幸此寺，拜道安神师为国师，赐名“安国寺”。此时增建殿宇、戒坛、塔等，规模宏大，高僧辈出，净藏及天文学家一行等皆出该寺。五代时于松山琉璃戒坛纳法，又名“封禅寺”，后梁时废。宋太祖开宝五年（公元 972 年）赐名“嵩岳琉璃戒坛”、“大会善寺”。元至元年间又赐名为“万寿禅寺”。

在中国佛教史上，会善寺地位实在不一般。

东汉初年佛教正式传入中国，首先在东汉都城洛阳和地处京畿的中岳嵩山落迹，并且开始由洛阳、嵩山地区向全国传播。永平十四年（公元 71 年），明帝下令，在风景如画、清静幽雅的嵩山玉柱峰下，为迦叶摩腾、竺法兰建造大法王寺。“此为佛教传入中国后专为佛教建寺之始。”

而佛教中国化之禅宗的出现，以及随后中国佛教禅宗的南北纷争，便有了北宗大通神秀的嫡传法嗣普寂和南宗大鉴慧能的嫡传法嗣净藏，相继来到会善寺，各传其法。嵩山少林寺、会善寺于是成了中国禅宗南北纷争的重要场所之一。

这便是我构想会善文化的缘由之一。

一向以来，我以为，文化是一个空间性的概念，具有极强的地域性属性，并且，文化的地域性属性相对是固定的。它具有这样的特征：

文化是人在社会环境中创造的，不同的社会环境会产生不同的文化。社会环境的不同首先是由于自然环境的不同。会善文化之特质就在于它产生于黄帝文化这一中华民族主流文化的腹地。文化是一种社会现象，这种现象不能被理解为个别范畴的现象。文化作为一种社会现象，主要体现于不同地域的风俗方面。文化的概念就是多种历史文化的抽象。这种现象之所以不能被理解为个别范畴的现象，是因为它的民族个性贯穿其中。这一民族个性，就是中华民族的个性，诸如不屈不挠、自强不息、隐忍顽强、达观知命、适应多与征服等等。

文化还是一种普遍现象。由此，在世代繁衍的基础上，每一地域的文化就成为该地域的一种普遍现象。它是社会习惯的、并通过社会传递下来的行为模式的聚合体。每一社会群体的文化都是通过正式的和非正式的学习、语言、知识、习俗、信仰、习惯、传统、制度——都是通过社会经验的总体发展和维持下来的。

基于对文化的这一理解，我曾经把“会善文化”归结为“实践会善文化，达致化文善会”，或者“会善文化，化文善会”。并提出了“会善文化”应该是“善知识”之弘扬。

善知识，首先是字面意义及其延伸意义之涵盖，同时也含有佛教层面意义。

据此，它的两层含义具体体现为，“会通会要会心会意会文嘉之会也，善事善思善化善言善士缘之善哉”。

这其中，所谓“会”，便是嵩岳文化之聚合、汇合、会要、会和变通；以文会友，相聚谈艺、论道；会心领悟、领会、理解嵩岳文化之精髓。所谓“会心处不必在远，翳然林水，便自有濠濮闲想也”。

所谓“善”，就是勤于善事、缜密善思；崇尚善言、美文、善声；教化共勉；求和谐、做善士、结善缘。

而“会善文化”得以立意之根基，我则将其归结为八个字，即“读书、求知、向善、生活”。

许奉恩所言“正襟危坐，心晤先民。扩充学识，凝练精神”，其言善哉！

31. 八景篇·游戏

天仙化人，别有怀抱。匡鼎解颐，不伤于道。绿水鸳鸯，芙蓉池沼。游鱼往来，穿萍织藻。燕舞莺歌，花梢林表。活泼生机，观者倾倒。

——许奉恩

中国人之乡土观念，每每体现于对故土自然景观的渲染上。这便是处处皆有的所谓“外八景”、“内八景”之说。

登封和中岳嵩山，也概莫能外。除了丰富的人文景观外，尚有许多引人入胜的自然奇景，素有“八景”或“十二胜”之称。

有唐一代，光启年间进士郑谷游中岳时，曾为登封八景赋诗，“月满嵩门正仲秋，轩辕早行雾中游。颍水春耕田歌起，夏避箕险溽暑收。石淙河边堪会饮，玉溪台上垂钓钩。余雨少室观晴雪，瀑布崖前墨浪流。”

郑谷（848～909），字守愚。江西宜春市袁州区人，唐末著名诗人。郑谷7岁能诗，“自骑竹之年则有赋咏”。父史，开成中（公元838年左右）为永州刺史，与当时著名诗人、诗论家司空图同院，图“见而奇之，拊其背曰，当为一代风骚主”。及冠，应进士举，凡十六年不第。僖宗广明元年（公元880年）黄巢入长安，郑谷奔西蜀。光启三年（公元 887 年）登进士第。昭宗景福二年（公元 893 年）授京兆鄠县尉，迁右拾遗补阙。干宁四年（公元 897 年），为都官郎中，诗家因称郑都官。又曾经写过《鹧鸪诗》，广为流传，很出名，因此被人称为“郑鹧鸪”。官至都官郎中。天复三年（公元 903 年）左右，归隐宜春仰山书屋。卒于北岩别墅。死后安葬在宜春城北江北岭。北宋时期，袁州太守祖无择曾主持修缮其墓，如今已无迹可寻。今宜春市区东风大街南段，民国时期曾名鹧鸪路，以纪念郑谷而名。

郑谷更为人所道者，是所谓“一字师”。史载僧齐己携诗来谒，郑谷读至早梅“前村深雪里，昨夜数枝开”句，乃曰：“数枝非早也。未若一枝佳。”齐己不觉拜倒曰：“我一字师也。”“一字师”盛名便在士大夫中广为传扬，有关史籍也先后载入，一直流传至今。

郑谷一生仕途顺利，诗作多为咏物和表现士大夫的清高闲适，境界不甚高。但他讲究炼字炼句，诗作清婉明白，通俗易晓。尤其绝句，风神绵邈，词意婉约。著名者如“王孙莫把比蓬蒿，九日枝枝近鬓毛。露湿秋香满池岸，由来不羡瓦松高”（《菊》）。

郑谷的八景诗，确为游戏之作，但句句露出活泼生机。正所谓天仙化人，别有怀抱，观者倾倒。要的便是一个情趣。

八景诗首推嵩门待月。

中国人于月亮，情有独钟。待月当在嵩山南麓法王寺。法王寺背倚太室，峻岭耸立两边，古刹位于其间。寺东两座山峰，嶙峋崛突，相峙对立，其壮如门，故称“嵩门”。每逢中秋佳节夜晚，正是辛弃疾《太常引》所吟咏“一轮秋影转金波，飞镜又重磨”之际，一轮银盘，从这半圆形的门洞中徐徐升起，不偏不倚，月满嵩门，这就是“嵩门待月不忍归”。

明朝登封知县郑大原曾赋诗“嵩门胜迹冠中州，幸此登临值仲秋。皓魄县挂苍谷口，清光满射碧山头。抵圆暂息卢劳梦，民社宁忘国计忧。徒倚欲归情不厌，松涛钟韵两悠悠。”

待月，要的是一个“待”。《易经》有言“有待而行也”，切中要旨。

八景诗次为轩辕早行。

轩辕关因山路曲折旋绕，故名“十八盘”。早晨雾遮山腰，行人来往其中，由下边向上看，好像神仙腾空驾云一样，故有“轩辕早起上云端”之说。欲观此景，或从洛阳东南进，或从许昌向北入，皆可饱赏其美。若站在关口，北视关下，可以看到雾浪翻滚，云烟缭绕，瞬息万变，气象万千。

行，人之步趋也（《说文》）；往也（《广雅》）；三人行，必有我师焉（《论语·述而》）。轩辕早行，一如修行，务须亦步亦趋，务须一往无前，务须时时谨记处处有师。

八景诗再次为颍水春耕。

“耕，治田也”（《正字通》）；“犁也”（《说文》）。耕食、耕桑、耕垡、耕植之中，国之本便立了起来；“民之欲利者非耕不得……而后得其所乐”（《商君书·慎法》），百姓温饱之中的乐趣便也随之而来。进而，“耕道而得道”（《法言·学行》），社会的风尚也就随之而确立。

对于农耕社会，一个“耕”字，蕴含了多少哲理啊！

颍水古为“八流”之一，在历史上是一条重要的河流。古人将四条独立入海的大川称为“四渎”，就是河（黄河）、江（长江）、淮（淮水）、济（济水）。“四渎”的主要支脉为“八流”，分别是渭水、洛水（黄河支脉）、汉水、沔水（长江支脉）、颍水、汝水、泗水、沂水（淮水支脉）。这“四渎八流”是具有神性的大水，其他河川不能与之相提并论。其所以如此，原因有两个。一是这“四渎八流”都源出名山，河出昆仑，江出岷山，济出王屋，淮出桐柏。颍水发源于神圣的中岳嵩山，所以能够跻身于名水之中。二则是，“四渎八流”流经的区域都是王化文明区域，楚国与岭南的几条大川因在蛮荒山野，所以不能进入名水。

颍河上游流域是中华文明最重要的发祥地，龙山文化等重要文化遗存遍布颍河两岸。其中有证实夏朝真实性的河南禹州瓦店遗址，是夏朝的都城级遗址，成为夏商周断代工程、中华文明探源工程的最重要发现之一。而在颍河两岸发生了众多历史上重要的史实，留下了颍川文化等一系列的灿烂文明。颍河，与黄河、洛河一同成为中华文明之源。颍河两岸，多系梯田，每年春耕开始，农夫耕田在颍水河畔。耕牛拉犁前边走，农夫扶犁后边行，扬鞭驱犊，南耕北耘，人畜倒影，置于水中，好像一幅天然的春耕圆案，甚是好看。故有桑调元《颍水》诗，"一泓清可怜，春绕箕山足。鳞鳞映白云，潇潇滋翠竹。暖战泳当沙，轻浮追属玉……"

春秋之时，郑国有一大夫，名叫颍考叔，很爱颍水春耕这个地方，在这里建造了一处宅院。颍大夫一向勤政爱民。一到初春，颍大夫即开始颍水春耕，他看到天然的春耕园，愈耕心情愈高兴，情不自禁地唱起"耕耘乐"来。周围农夫们听到颍大夫唱歌，也就跟着唱了起来。霎时间，颍水河畔田歌四起。以后年年如此。后人为了纪念颍考叔，就把他的住宅改称为"颍考叔庙"。

八景再次为箕阴避暑。

箕山之阴，树林茂密，林荫浓厚。龙潭泉处，山凋深长。两崖石壁如剑，崖壁摩刻有许多游人题记，如"幽谷"、"潜龙潭"、"溪溪凋冷"、"箕阴避暑处"等。石洞阴润整洁，芳草苔蔓如毯，溪水淙淙似琴。炎夏仲秋之时，这里环境幽雅，景色秀美，空气湿润，闵爽无比。上古之时，许由、巢父在箕山隐居，劳累之余，便来箕阴乘凉避暑。如今每到暑夏，登封人也常常云集于此避暑。著有《嵩书》的明人傅梅曾有《箕阴避暑》诗"独爱云林境界幽，绿荫蔽日翠光浮。弃标崖畔排烦热，洗耳溪边枕细流。每有凉风来树底，更无尘事到心头。许由巢父今何在，千古箕山五月秋。"

延裕于此，悟得的却是另外的意境。《礼记·曲礼》"有左右攘辟"，注曰"疏远也"。修行之人，当疏远尘浊之世；当避让、避贤、避荣、避言、避地。

八景再次为石淙会饮。

言及此，我想起了古希腊社会之文化古风——会饮。早在荷马时代，人们就通常在竞技或者节日之后聚在一起，一边观赏娱乐，一边吃饭喝酒，一边聊些轻松愉快的话题。描写“会饮”也逐渐成为一种受人欢迎的文艺题材。其中，柏拉图的《会篇》堪为最恢弘的篇章。

当然，作为出家人，我于希腊人谈话之内容是不屑的。

嵩山东南玉女台下的石淙涧，则是登封人的“石淙会饮”之处。古时称为“水营山阵”、“天中胜景”。这里涧中有巨石，两岸多洞穴，水声石响，淙淙有声，故名“石淙”。还是那位知县郑大原在《游石淙》一诗中唱道，“驱车未到已闻声，隐耳轻雷更不惊。石淙参差人坐立，潭并莹澈鉴真平。徐风入沼回环转，曲水浮移委宛行。敬借付君舟棹用，不教河汉隔盈盈。”

八景再次为玉溪垂钓。

说到垂钓，李白《行路难》中“闲来垂钓碧溪上，忽复乘舟梦日边”真是千古名句。

登封石羊关东，颍水下源，有一自然湖泊，面积有数百平方米，名曰“玉溪”。溪南有泉水数处，从平地喷出，腾涌而上，高达两米，好似一串串的珍珠，人称“飞玉泉”。玉溪湖中，有一巨石，约 9 米见方，有三分之二没于水中，游人可登石稳坐，执竿钓鱼。传说这就是上古时代的隐士许由和巢父二人钓鱼的地方。

相传姜子牙是个极有见地的人，他不愿在朝做官，经常隐居于玉溪湖畔，坐在巨石上钓鱼。他用的钓鱼钩是直的。终日坐在石上，一边钓一边说“愿上钩者上钩，不愿上钩者顺水而去”。他的妻子天天送饭，总不见他钓到鱼。等太公吃饭时，其妻发现鱼钩是直的，遂将直钩捏弯。太公饭罢，照常钓鱼，不料很快钓出鱼来，他随手又把鱼抛入溪中。伤鱼带血而下，官兵发现太公居于上游，即速禀报给皇上，周文王得知后，亲自迎太公入朝。“玉溪垂钓”即由此而得名。古人《钓鱼台》诗云：“台前落日寒鸿哀，台下西风颍水来。一曲渝浪秋色景，白云红叶好登台。”

窃以为，出家人倒是真应该心存愿者上钩之心。还是李太白所言，为人应该“直如弦”。况乎出家人。

至于结局，那是个人的造化了。

八景再次为少室晴雪。

少室山险，多有石板，特别是少林寺正南的剑峰上，有一块巨大的卧石，平整如案。每逢夏季雨后初晴，山水顺石而下，阳光直射其上，色变银白，精莹明亮。站在少林寺方丈室前的月台上，举目南眺，可观白云朵朵，在蔚蓝的天幕下，阳光普照的山峦中，银白一片，好似皑皑白雪，犹如严寒隆冬，美妙景色，十分喜人，“少室晴雪”由是而得名。

然而，为僧多年，身居少林，那冬季的少室晴雪，却总是令我神往。每每霜降之日，便已盼着了。每每此时，常常想到了潘岳，戏将《闲居赋》略加改动，就是“微雪新晴，六合清朗”。

之所以喜好这诗句，还是因为诗中之“六合”和自己的习武相关。武术应用有内三合和外三合之分。内三合指心与意合，意与气合，气与力合；外三合指手与足合，肘与膝合，肩与胯合。又有眼、心、意、气、功、力六个方面的配合；或以手、眼、身相合为外三合，精、气、神相合为内三合。

八景最后则是卢崖瀑布。

在太室山东南麓的悬练峰下，有一高大的石崖，因唐玄宗年间，有一个被封为谏仪大夫的卢鸿乙，不愿做官，来此隐居，广招天下才子讲学，因而称此崖为“卢崖”，称鸿乙隐居的地方为“草堂”。鸿乙死后，玄宗改“草堂”为“卢崖寺”。卢崖寺北峡谷内，有一股泉水，终年不断，平时泉水泻崖下，好似千丈珠帘掣挂长空。澎湃之声，如虎豹怒吼，如雷声轰鸣。太阳直射上面，奇光异彩，灿烂夺目，瞬息万变，气象万千。水珠积流，形成水潭，潭上独出一个黛色圆石，明朝袁宏道在上面刻有“墨浪石”三个大字。水流其上，好似墨浪。人称此景为“卢崖瀑布墨浪流”，亦称“珍珠倒卷帘”。

自然景观因人而易名，史上并不鲜见，古今中外皆然。读书人退居乡里或乡野或山水田园之间，深居不肯出仕，隐居而讲学，这便是隐士，这是中国旧时读书人中的一个独特群体。他们大多知命达理，淡漠功名富贵，清高孤傲，耿介正直，不慕荣华，不趋权势，不俗不媚，只是从山水田园的自然风光中，从诗词歌赋、琴棋书画、饮酒品茶、交友清淡、著书立说中寻觅人生的价值和乐趣。

当然，这种洒脱、幽闲且不乏情调的隐居生活，现如今是难得的了。不是物质一面，而是时世使然。

32. 君召篇·名贵

圣人乘权，百辟赞襄。分曹待漏，庭燎煌煌。纡绅植笏，雍容揄扬。斧藻有耀，带砺毋忘。凤鸣朝阳，梧桐高岗。甘露被野，和风召祥。

——许奉恩

嵩岳地区，“君召”二字最值得品味，以“名贵”誉之，君召乡当仁不让。君召理应在“赞襄”二字上大做文章，有大作为。

先说赞襄。辅助，协助的意思。语本《书·皋陶谟》“皋陶曰‘予未有知，思曰赞赞襄哉’。”

靠什么赞襄？当然就是君召的厚重文化，就是君召的“斧藻”。斧藻者，梁楹上刻画的文饰图案。唐韩愈《和席八十二韵》中“芳菲含斧藻，光景畅形神”。钱仲联集释引孙汝听曰“斧藻，文饰也”。君召的“纹饰图案”比比皆是。

当然，尚需修饰。《文选·王融〈三月三日曲水诗序〉》“内积和顺，外发英华，斧藻至德，琢磨令范。”刘良注作“斧藻，修饰也。”就是有宋一代大政治家大文豪王安石在其《张侍郎示东府新居诗因而和酬》之二中“斧藻故应宜旧德，栋梁非复称凡材。”

赞襄也好，修饰也罢，须有“山河带砺”之志。正所谓《史记·高祖功臣侯者年表》“封爵之誓曰：‘使河如带，泰山若砺，国以永宁，爰及苗裔。’”

再说名贵。

名贵者，有名望而贵显也。譬如《史记·秦始皇本纪》“先帝之大臣，皆天下累世名贵人也。”又如《晋书·何遵传》“绥字伯蔚，位至侍中尚书。自以继世名贵。”又或，有名而珍贵。如清叶廷管《鸥陂渔话·邢子愿画石》“其间写文石，亦艺林片玉，盖甚名贵也。”清曹寅《玉山僧院牡丹》诗则曰“旧种知名贵，重台杂卉茵。”

且看君召乡之名贵。

自然一面。

君召乡地处中岳嵩山西麓，北自挡阳山、马鞍山、依薄山、大苦山、紫云山到安坡山。其所处地理位置最高，海拔500多米。位居登封唯一横跨两大河流的黄淮分水岭上，颍河与狂水同出大苦山而东西分流。是为登封高地。

在嵩山世界地质公园内，南山属伏牛山。当地古谣言有“当阳山，上马鞍，一蹶尥到大苦山，安坡一扭掉屁股，粪堆屙在紫云南。黄龙洞下有皇城，顺着狂水奔正南，绕过黄淮分水岭，尧访许由到山山。伏牛往西八百里，两只金蜡照中间。狼坡嘴上看一看，南洼胥店共一川。禹王治水住夏庄，海渚传说万万年。”就是君召地理文化的真实写照。

君召地质文化显赫。地球的三次大运动，嵩阳运动、中岳运动、少林运动在紫云山安坡山都有完整的原始地貌。从23亿年前至5000万年前，是一部隐生宙、显生宙中“太古宙、元古宙、古生代、中生代和新生代”地壳活动的整个演变史，也就是地质学界说的“五世同堂”。

这是自然的庭燎煌煌。

人文一面。

君召者，君子之召。早在4000多年前，尧帝三次到大苦山召见许由，禅让帝位；春秋战国时期，郑庄公召见颍谷封人颍考叔，计献掘地见母于黄城，后封上大夫，故乡名典取“君王召见”、“君子之召”之意。

君召历史文化甚是。君召地域内，从文化遗址、文化遗产的分布来看，举凡原始社会、奴隶社会时期的夏、商、周、秦、汉、三国，直到封建社会时期五代十国、唐、宋、元、明、清，遑论民国，君召村村寨寨，多有文化痕迹。诸如与夏禹有关的南洼“环壕”，二里头文化，龙山、阳韶文化，海渚，孟村独脚舞，黄城、黄龙洞等；常寨汉墓群；郭岭村地堰上的彩陶；狂河沿拣到大禹治水时的送饭陶罐；三过尧古村镇；明、清古民居、黄城遗址；颍考叔墓；少林寺下院华严寺遗址；甘露寺；普照寺；九龙圣母庙；中岳庙；三官堂；玄宇宫，大禹庙；广生殿；万年硅化木；月亮泉、贝币、白陶片、黑陶片、木刻匾牌、古碑石刻；绢帛金字条屏；原始磨、石镰、石斧、原始石灰等等，不胜枚举。

这是君召人文的庭燎煌煌。

历史的厚重，必然就是乡俗的淳朴，就是族群的宽容和乡社的兼容并包。君召村正月二十五的老古刹会，举凡火神社、关爷社、全神社、龙王社、禹王社等统统都是祭祀的对象，数十种民间文艺表演都要依次呈现。其他如正月十七胥店会、二月二海渚九龙圣母庙会，还有君召村的七月七、九月十三和十一月二十七的古刹会莫不如此。具体到乡民的婚丧嫁娶，服饰、行为、集市、交易、邻里，俗中无不透着大雅。

这些，就是君召理应好好挖掘的地道的中国农耕文化。

由是而想到，登封历史宏观一面的展示，已然煌煌然矣！有这大历史舞台作根基，煌煌然民间文化之弘扬，正当其时。

需要思忖的，则是细节的真实。借用文学的术语，典型环境、典型事件要的是真实细节的构成。换言之，要的是真实细节构成的原生态，而非徒有原生态其“艺”，而无原生态之“道”。诚如刘熙载《艺概》开宗明义所言“艺者，道之形也。”

33. 读嵩篇之一·布局

布局：名园之树，国手之棋。起伏相应，疏密得宜。峰腰云断，水面风移。千岩万壑，尺幅见之，求方必矩，刓圆必规。刻舟求剑，趁韵非诗。

——江顺诒

读嵩而以江顺诒之《补词品》为序，没有别的意思，只是出于对这短短二十则词品的喜爱。一如宗山参订江顺诒之《词学集成》原跋，“续词品二十则，化工之笔，读之如游夏，不能赞一辞。他日拟请善书者，以灵飞经小楷书之，泐之贞珉，拓出以诒同好。”

多年来，延裕读经读嵩之余，每每尝试以灵飞经书之，奈何功夫尚有不足，故不愿示人。

不能不介绍一下江顺诒。还是直接引用《词学集成》宗山所言，“江先生秋珊，宏才绩学，尤工倚声。折肱于此，垂三十年，著有明镜词。山与先生有同好，倡和往还，多所指授。窃念词之为道，自李唐沿及两宋，滥觞厥制，渐至纷纭歧出，有江河日下之概。先生忧之，为之寻源竟委，审律考音，取诸说之异同得失，旁通曲证。折衷一是。所以存前人之正轨，示后进之准则。心苦矣，功亦伟矣。山校雠既竣，分列子目，成书八卷，名曰词学集成，怂其付梓，以公同志。先生虚怀若谷，俾附贱名于简。”又有江顺诒自述，“昔随园补词品三十二首，谓前人只标妙境，未写苦心，特为续之……”

苦心二字，正是延裕读嵩所感。所感在说嵩人苦心。

傅梅当为第一。

《嵩书》，有明一代人傅梅编撰的一部专门记录嵩山史料的志书，被称为全面纂集有关嵩山史料并有完备体例和明确分类的第一部嵩山专志。

傅梅（1565－1642）字符鼎，顺德邢台人。其父傅来鹏乃嘉靖三十四年（公元1555年）举人，历任工、兵两科给事中。万历十二年（公元1584年）任扬州知府。祖父傅凤和曾祖傅贵也曾任职一方。傅梅得以随父官山东、河南新野等地。他本人于万历十九年北闱乡试中举。万历三十五年至万历四十年在登封任县令。

嵩山脚下的登封，是个不大的小县城，傅梅自小聪颖过人，理政能力自不在话下，登封一县政务，往往唾手可得，因而有大量闲暇时光涉足民间。后因查“明末三大案”之一的“梃击案”，得罪郑贵妃，以京察罢官。崇祯十五年（公元1642年）清兵至顺德，傅梅捐助银两佐知府吉孔嘉守城，城破殉难。追赠太常寺少卿。

作为读书人，傅梅颇有偏好，学问之余，于嵩山野史、掌故、笔记、传闻多有兴趣，或引经据典，或实地考证，每每欲有所得。但是，他以为，嵩山作为五岳之居中原者，历来为帝王及文人墨客祭祀封禅和登临吟咏之胜地，其盛名与史料之阙如实不相符。于是，萌生了撰写专志的念头，期冀能把所有关于嵩山的资料网罗殆尽，去粗取精，纠正前人谬误，拾遗补阙。

傅梅之前，关于嵩山之志，曾有北魏卢元明所作《嵩山记》，这是迄今所知较早的一部专门记载有关嵩山事物的集子；有《艺文类聚》第七卷《山部》中所列“嵩高山”篇，仅收录了唐以前一些资料；另有唐代卢鸿一《嵩山记》（一卷）、宋人张景俭《嵩岳记》（三卷）、明人燕汝靖《嵩岳古今集录》（二卷）等。奈何这些书多已散失。至于早于傅梅的明人陆柬所著《嵩岳志》及《嵩岳文志》（八卷，续收诗文一卷），虽然流布后世，无奈规模及体例等也不尽人意。

这样，傅梅在《嵩书·自序》便自诩道，“嵩故无书，古今一切礼乐名物，委诸草莽掌故之谓何？梅窃有志焉，以初至元年，拮据荒政，未敢诵言纂述。今在官且逾五载，檄天之幸，时和年丰，百姓顺化。”

为官一任，傅梅已然有政绩在身。据登封旧志载，明清两代知县中，傅梅先是保一方平安，打击贼寇，登封境内一时大有升平之感。接着便是修县署、学宫、庙祠，万历三十九年（公元 1611 年）重修登封城墙时，还在新城之上建了四座门楼，使登封县城面貌焕然一新。至于民生民情，傅梅更是体恤有加。据载，万历三十六年，登封大旱，自正月起连续五月滴雨未下，傅梅曾于烈日下伏地祷告。后来听从一隐士指点，令百姓购白菜籽备种，结果那一年只有白菜丰收，以菜代食，一县百姓因此而渡过了难关。作为读书人，傅梅当然也不忘教育，十三经、二十一史等，就是他买来供学子们读的。擢升为刑部主事时，地方上还为他立了去思碑，在县城西关立了生祠。立功、立德，傅梅做到了。

所谓久有凌云志。又逢时和年丰，百姓顺化，傅梅终于可以开始做自己喜欢的事情了。

剩下的便是要立言了。

怎么来写这部《嵩书》，傅梅是有自己的一套计划的。那就是“在山言山”。《嵩书·自序》，“在山言山，于是退公布卷，搜旧捃新，考证往古之失得，发明昭代之典则，期以补职方之遗，备史官之采。凡有关嵩山者，芟其繁芜，正其缺谬，分曹列类，自天象始。”

显然，这是积淀已久的。

《嵩书》十三篇二十二卷，起始就是《星政篇》，紧接着，就是占全书很大篇幅的《峙胜篇》，从嵩高总略说起，类目划分之细，即以今日而言，也令人叹为观止，涉猎天文、地理、物产及行政管理体制等。人物的记述也是如此。大至历代帝王的祭祀活动，古时圣贤、豪杰诸如许由、巢父、陈胜、范仲淹、司马光等，即或隐居在野的士子如孟郊、元好问辈，乃至释道两家，都是不吝笔墨。至于吟咏嵩山之诗、赋、碑刻、游记等，也是尽可能地网罗其中。

虽然，《四库全书总目提要》对此颇有微词，“意在广搜，亦殊多驳杂”，但究竟为后人按图索骥找寻有关嵩山之史料，提供了大的帮助。况乎，傅梅《嵩书》所引多是前朝正史，在一定意义上来说，可信度是毋庸置疑的。其他如野史以及《相鹤经》、《无上秘要》等道藏书籍和《群仙录》、《神仙感遇传》一类，只要有益，傅梅也尽可能拿来为其所用。

作为读书人，考证的功夫，用今日的话来说，所谓田野调查一类，傅梅也是有的。举凡嵩山自然风貌、山川河流、矿产资源、地名等，凡与典籍记载不一，傅梅必定要探赜索隐。例如，他曾为颍水、洧水和濦水三水正本清源。想想这部二十余万言的《嵩书》，要有多少踏破铁鞋的工夫啊！

《嵩书》尽管保存了诸多珍贵资料，但不足之处也是有的。傅梅自己就说，“虽博逊子长，不敢自谓成一家之言，然彼以其十识其大者，吾以其一识其小者耳。至若所谓有能绍明世，正《易传》，继《春秋》，本《诗》、《书》、《礼》、《乐》之际，故非此书所敢任也。噫！身已诎矣，名已晦矣，言之传否，遑足计乎？先正有言，‘圣人之言海也，苟能通阴阳之气，达水泉之流，以海为归者，皆海之溢也。夫小子亦囿于世变而不能已者矣’。”

真是自知之明啊！真是真君子啊！

至于诗赋一类，傅梅曾和“公安三袁”之一的吏部郎中袁宏道多有唱和。且看他的《嵩山四咏》其二“天中岳色秀芙蓉，缥缈奇云绕汉封。朝暮城头常自见，飞来海外几千峰”，倒也平平。

但他的《嵩书》，以江顺诒“名园之树，国手之棋。起伏相应，疏密得宜。峰腰云断，水面风移。千岩万壑，尺幅见之，求方必矩，刓圆必规。刻舟求剑，趁韵非诗”论之，真是不为过的。

34. 读嵩篇之二·著我

玉田公子，白石神仙。已有千古，岂无后贤。空谷之兰，绿水之莲。各占其候，各擅其妍。冰魂濯月，瘦影含烟。寒香冷翠，跂脚高眠。

——江顺诒

读嵩不能不读景口昣和他的《说嵩》。

景日昣（1658—?），字冬旸，号嵩崖，登封大冶人，生于清顺治十四年（公元 1658 年）。幼年家贫，孝而好学。康熙十二年（公元 1673 年）入嵩阳书院习宋儒之学，以文章知名。《清史稿》不载。二十六年中举，三十年会进士第三甲三十六名。清代康熙年间先后任肇庆府高要县（今属广东）知县，陕西道、山西道、浙江道、江南道、河南道监察御史，又升任鸿胪寺少卿、太仆寺少卿、宗人府府丞、都察院左副都御史，后任礼部、户部侍郎，加礼部尚书衔。雍正三年（公元 1725 年）告老还乡。著有《说嵩》、《嵩崖尊生》、《崧台学制》、《炎口施食》、《嵩岳庙史》、《龙潭寺志》、《坑述》、《会善寺志》等。景日昣精于岐黄之术，尤专妇科，其《嵩崖尊生》就是一部医学书籍，堪称我国医学史上的一部珍品，不仅在国内，而且在海外，都享有很高的声誉。

《说嵩》是景日昣“高眠”期间所做。

《说嵩》是继傅梅的《嵩书》之后，又一部全面汇集关于嵩山的各类资料的嵩山志书。与傅梅的《嵩书》相比，《说嵩》的资料要更完备一些，究竟其成书于《嵩书》一百多年后。是书分地理、星野、沿革等三十二卷，把嵩山地区的地名、古迹、金石等一千余处分类做了介绍，还收录了历代歌咏嵩山的诗赋七百余首，文章一百五十余篇。虽然《四库全书总目提要》谓其"综汇旧文踵而成之"，但毕竟是现存嵩岳文献中材料最为详尽的一部。谓其嵩山百科，不无一定道理。这和景日昣学养功底更厚重一些有关。

关乎嵩山一类典籍，北魏卢元明的《嵩高记》，明人傅梅的《嵩书》，陆柬的《嵩岳志》，叶封和焦贲亨的《嵩山志》，虽然已远胜《禹贡》、《山海经》诸书，但内容过简，舛误较多。如：卢氏之书，多叙妖仙鬼怪，缺乏实录；傅氏之书，也是对仙佛斐语，喋复称道；至于陆柬《嵩岳志》，更浮不近理，挂一漏万；叶、焦《嵩山志》，同样择材不精，叙事不详。相比较而言，景日昣要高明许多。

《说嵩》前有户部右侍郎吕履恒等八人所写序言，以及景日昣自己所写题辞一篇。分别摘录一二如下，以见前人之定评。

其一。户部右侍郎吕履恒，"景冬易先生，生长于嵩，自少所游历，凡嵩山记载，悉览而志之，垂四十年，乃著《说嵩》一书。自《禹贡》外方以穷其源，而析其流。于诸书所得。即手札之，考诸古而质诸今。下至稗官野史，旁及二氏之藏，靡不广闻而力究之，其志可谓勤矣。今观《嵩书》之指，于经、史则厘而定之，必取其信而有征。其他说之可采，亦择其善而不没其人。"景日昣的勘察是为同时代人所认可的。

其二。康熙进士、户部右侍郎张伯行，"先生幼从游于汤潜庵、耿逸庵两先生，讲明正学为己任，而一以躬行心得为本，不屑于声音笑貌以博虚名，其中实有所见而学确有所据，书中发明驳正之处，无不深切著名。"显然，景日昣是敢于发表一家之言的，且不肯苟同古人的一些观点。

其三。陈鹏年之言，则过矣，“今读冬易先生《说嵩》一编，始叹援据之精，杼轴之妙。大函细入，自命一家。直可与《山经》《尔雅》共垂不朽，而非一切记载所能及也”。

其四。临川李绂，“其说之有益于道与治者如此，然后知山川游览鉴戒所系……其援据之闳博，辞辩之繁丽，皆粲然可嘉。”

……

这几人在当时学术界是很有影响的，他们的评价，不无道理。

确实，景日昣在编撰《说嵩》时是很下了些工夫的，后世很多引文、评价始于《说嵩》，是不争的。如少林寺因山而得名，景日昣在书中称“少林者，少室之林也。”此语一出，遂成定论，以为注解，其影响可见一斑。

当然，文人雅士，自谦总是要有些的。景日昣对自己的评价，倒也中肯，“夫一睫之力，疏漏殊多，半秃之笔，取裁亦少。札缀已久，不忍删弃”，倒是应了《四库》之言。

读《说嵩》，倘若当做诗赋来读，当别有一味。且看《嵩高山》，“山有二，曰太室、少室，附而胜者一，曰箕。太室左炭，少室右峙，一体而中折，有一象焉。太昊画一以象地，中宫之土十五。五阳以生，少之变也。十阴以成。老之化也，二室太少、枢纽生成。等博齐厚，以成坤偶之体，故二室合而为嵩”；“室之为言，藏也。嵩当土中，天地所合，阴阴所会，四时所交，风雨所和，故称室焉”。

更为精彩之处，“太室即嵩也。厥胜在阳。绵亘横阔，兀立尊严。而少室旁峙，大都崖嶂苍翠相间，峰壁环向攒耸，如芙蓉城，列抱于上，正面望之，浑沦端整。正如龙眠。稍近，则岭壑开绽；逼入，则凌增参差。或霁雨云屯，虚谷霞蒸，掩映前后，方见层峦叠，不可穷际。登其岭，周遭俯瞰，峰络岭联。如吐蕊。南多悬崖，北多峻阪，东多断桥，西多重嶂，居中最高，曰峻极峰。顶隙幢溢。敞平开朗，左右诸峰，争奇斗巧，拱向环拥，不得以雁行进也。仰天一颢，俯地万平，耸身其上，为唱嵩高之八章。后峰园正蹲覆者，曰华盖。天文紫微垣。华盖十八星，在五帝座上，旁六甲星，分阴阳，布节候，嵩二：十四峰，以土德绾枢气化，数适相当。盖一峰而具全嵩之理，所以尊于群峰也。命名当矣。北视黄河，明灭一线，邙洛低平，如亩浍，近逼跬趾。下视城舍村落梵刹之聚，垤垤若蚁壤……”

谓其空谷之兰，绿水之莲，当不过也。

35. 读嵩篇之三·妙悟

对镜忘言，拈花微笑。色本是空，影无遗照。画理自深，仙心独抱。参之以禅，常观其妙。忽然而通，必由深造。一转秋波，十分春到。

——江顺诒

江顺诒之“妙悟”，我是背得滚瓜烂熟的，这简直就是在写少林。

煌煌然少林寺，直至乾隆十三年（公元 1748 年）才有《少林寺志》问世，此距少林成寺，已然千年之久。

此前，关于少林寺的史料，只能散见于《嵩书》、《说嵩》中。

《少林寺志》，叶封、焦钦宠采辑，施奕簪、焦如蘅续辑。

叶封，字井叔，号退翁，湖广黄州（今属湖北）人。顺治四年（公元 1647 年）进士，康熙八年（公元 1669 年）任登封知县。焦钦宠，字锡三，号樗林，登封县人，康熙中岁贡，曾官夏邑训导，即县衙主管教育官员的襄理一类，从八品。关于是书，焦如蘅为《少林寺志》所作的《修少林寺志纪事》中有记，“前任叶明府井叔约同先王父樗林，于五十年前搜罗抄集，俾万斛珠玉收贮箧笥，遂什袭以贻后人，备采择以修寺志。”由是可知，叶、焦二人约于康熙三十七年前后辑成《少林寺志》初稿，旨在搜求归集史料以为后人修志，未刊行。

焦如蘅，字远倩，焦钦宠孙，乾隆元年恩科举人。他继承先祖遗志，对初稿进行裁酌，并根据自己的实地考证，又增补、修改了原稿中一些没有或是不实的地方，使《少林寺志》最终定稿。不过，最终成书，还是得了施奕簪的相助之力。

施奕簪，字佩其，福建泉州人。雍正十三年至乾隆十四年（1735—1749）间主政登封，并于乾隆十年督工重修少林寺。适逢焦如蘅苦于才、财不逮，将书稿呈上来让他观览，而施奕簪也觉得少林名刹确实需要一部专志，于是一拍即合。正是由于他的荐举和支持，这部书稿才得以顺利付梓。

《少林寺志》于乾隆十三年刊行，传世数量不多，且其木板已经在1928年军阀石友三纵火焚烧少林寺时被付之一炬。河南省图书馆在1981年时据馆藏乾隆刻本加以复印，成为新的版本。1985年，登封县史志办公室对乾隆本进行了标点，并铅印一千册，是最早的标点本。

身在少林，一草一木，一砖一瓦，延裕都是在在于心的；史乘掌故也是熟稔得很。所以，《少林寺志》于我，更感兴趣者，却是《修少林寺志纪事》。

“盖闻巨岳长川，恒赖珠玑之点缀；鸿章篇什，必藉贞珉以流传。故蔽芾咏夫甘棠，昭垂千古；峋嵝镌于禹穴，彪炳万年。聿惟少林，夙称名刹。地劈嵩丘之右，院开少室之阴。九莲砦耸翠于前，五乳峰环绕于后。钟楼藏阁，势凌云霄，碧殿金绳，光摇翡翠。亭名立雪，仿佳话于程门；堂颜传心，效精一于虞字……”

这等四六文，写得是何等的好啊！

诵着经卷，读着骈文，“对镜忘言，拈花微笑。色本是空，影无遗照。画理自深，仙心独抱。参之以禅，常观其妙。忽然而通，必由深造。一转秋波，十分春到”，心中就永远是春天。

36. 读嵩篇之四·用笔

无波不回，无露不垂。得缩字诀，是谓之词。弩张剑拔，雨骤风驰。雄而且健，窃恐非宜。用我五色，组彼千丝。但求羚角，莫画燕支。

——江顺诒

《嵩岳志》是现存最早一部嵩山志书。成书于明隆庆五年（公元1571年），较之其后同是明代人的傅梅编纂的《嵩书》早了五十年。

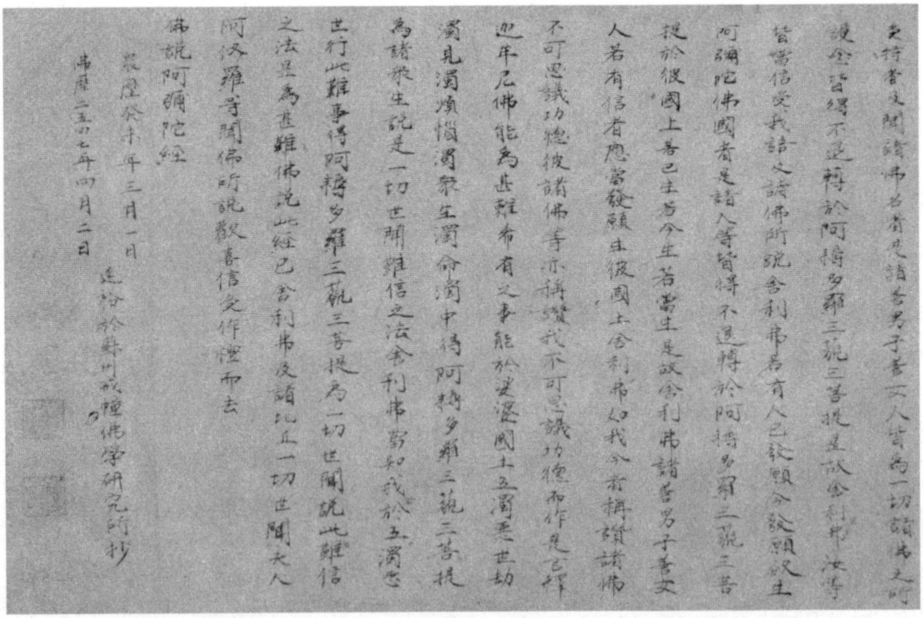

受持者及聞諸佛名者是諸善男子善女人皆為一切諸佛之所
護念皆得不退轉於阿耨多羅三藐三菩提是故舍利弗汝等
皆當信受我語及諸佛所說舍利弗若有人已發願今發願當生
阿彌陀佛國者是諸人等皆得不退轉於阿耨多羅三藐三菩
提於彼國土若已生若今生若當生是故舍利弗諸善男子善女
人若有信者應當發願生彼國土舍利弗如我今者稱讚諸佛
不可思議功德彼諸佛等亦稱讚我不可思議功德而作是言釋
迦牟尼佛能為甚難希有之事能於娑婆國土五濁惡世劫
濁見濁煩惱濁眾生濁命濁中得阿耨多羅三藐三菩提
為諸眾生說是一切世間難信之法舍利弗當知我於五濁惡
世行此難事得阿耨多羅三藐三菩提為一切世間說此難信
之法是為甚難佛說此經已舍利弗及諸比丘一切世間天人
阿修羅等聞佛所說歡喜信受作禮而去
佛說阿彌陀經
农历癸丑年三月一日
佛曆二五四七年四月二日
述怡於蘇州戒幢佛学研究所抄

作者陆柬，字道函，号梦洲，河南祥符县（今开封）人，嘉靖二十九年（公元1550年）进士，曾任大理寺评事，是个按律治人罪名的职务，七品。后外放山西、贵州任职，做过贵州都匀知府，四品大员。万历《贵州通志》名宦之下无他的名字，倒是职官里有记载，且只有五个字“陆柬，祥符人。”《祥符县志》里则说他自幼爱好读书，工诗文，学识渊博，尤其喜爱金石考古，留心地方文献，算是个文化名人。

也正是由于他的声望，才成就了他与这部《嵩岳志》的机缘。

其实，在这部《嵩岳志》之前，已经有后魏卢元明的《嵩高山记》、唐代著名的隐士卢鸿的《嵩山记》，以及宋代张景俭的《嵩岳记》等关于嵩山的文或书籍。可是这些书到明代时就已经失传了，只有名字流传下来，到底是什么样子，谁都无法知晓。到了明代隆庆年间，时任河南监察御史的蒋机到河南巡察，顺便到嵩山考察了一番，得知这么有名的一座山到那个时候居然还没有一部专门的志书，感到很是遗憾，就吩咐登封知县编写嵩山的志书。知县也很尽心，马上组织班子把书稿编写了出来，并且很快交到了蒋机的手中。但蒋机看后，认为书稿质量太差，达不到出版的水平，就想找一个地方上的文化名人来做这件事。于

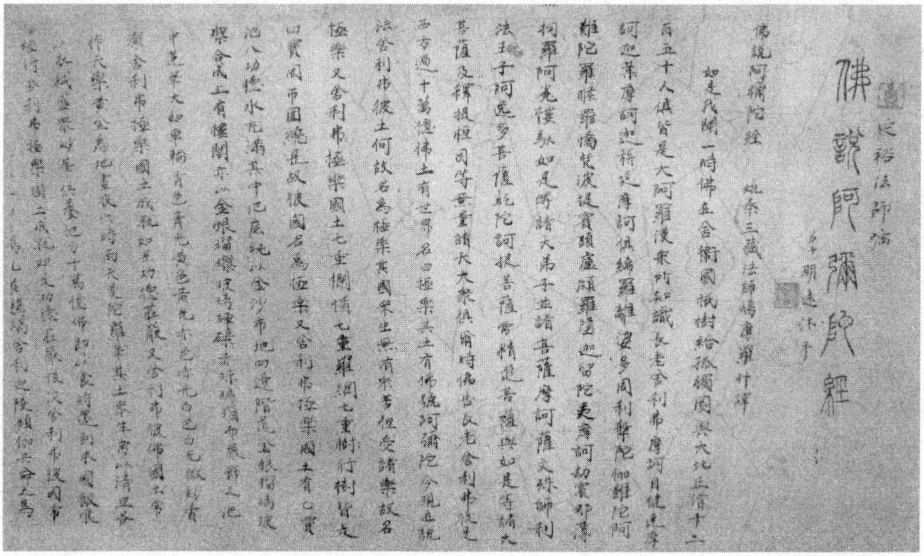

是，他想到了陆柬。而此时的陆柬，恰好因为要到另一个地方就任新职，回到老家探望亲人，听说这件事情后，便欣然应允，这就有了我们现在看到的这部《嵩岳志》。

从真正意义上的志书来说，与其后的《嵩书》、《说嵩》等相比，《嵩岳志》实在还不能算是一部真正的志书。但它已经具备了山志的基本体例，可以称得上是嵩山志书发展史上一部具有转折意义的书籍。在它之前的那些书或文，都已经失传，且从仅存的名称上看，规模甚小，不足以志称之；在它之后的志书，虽说规模宏大，但基本的体例可以看出是深受这部书的影响，是在这部书体例的基础之上扩大和细分而成的。筚路蓝缕，陆柬功不可没。

说来有趣，作为河南人，生性喜好游历的陆柬，咫尺之遥的嵩山居然从未踏入，尽管他足迹遍及“淮楚燕蓟，魏晋并代”。《嵩岳志》成书竟是基于其先祖关于嵩山的述说和游嵩诗赋，再则就是到山西任职时，由抬轿的人指点着，远远地望见嵩山“云雾中半含夕日，葱郁蒸布”的壮丽景象。《嵩岳志》闭门造车而成，也是有趣得很。但他参阅的各种资料及前人著述几百余种，刊印文字不过三万。

《嵩岳志》行文凝练，简洁，语言极富诗意。“用我五色，组彼千丝”，正是严羽《沧浪诗话·诗辨》所言，“诗有别材，非关书也；诗有别趣，非关理也。然非多读书，多穷理，则不能极其至。所谓不涉理路，不落言筌者，上也。诗者，吟咏情性也……唯在兴趣，羚羊挂角，无迹可求。”

又有《景德传灯录》卷十六载义存禅师示众，语谓，“我若东道西道，汝则寻言逐句；我若羚羊挂角，你向什么处扪摸?”同书卷十七载，道膺禅师示众，语谓，“如好猎狗，只解寻得有踪迹底。忽遇羚羊挂角，莫道迹，气亦不识。”

陆柬用的是披沙拣金的工夫，造的是闭门的车，居然不着形迹，而且意境超脱，真是深得禅味。

37. 读诗篇·雄浑（后记）

竭端宰两造，取用体当充。上下如持载，声振具始终。辽荒皆悦服，任犨谢营功。谨拜出师表，斩诛伏莽戎。

——沈莲墅

中国旧籍中奇文之多，实难想象。

手头便有一册，复印的《集千文诗品》，著者，清沈莲墅。“小序”谓，“乙酉之滇，母舅孙眉山先生以梁散骑常侍周兴嗣千字文命集诗句。退，按唐耐辱居士诗品，得五律二十四首。其余四十字，做纲领一首。翌日呈稿，不加评点，即令稚子读也。”册后另有文字，“沈先生里贯未详。此册予所得者为石印本，白文墨地。似由拓片转制者。封面背题中华三年重印。册首次行书同邑后学张政敬校，尾书潞河张世基敬书。记此待考。”遍查各类工具书，甚或百度、维基，均未果。

文字游戏？语言游戏？

但沈莲墅硬生生地用这既定的千字，作了二十四首品诗之诗。

“游戏说”的确也是艺术起源之一种。

况且，将鲜活的俗语，硬是用“平仄”“对仗”“减字”“偷声”“摊破”“转调”一类，用以规矩语言，不也是游戏乎？

譬如，我很是喜欢寺院楹联中的那些叠字联。叠字作联，不仅可以生动地表现楹联的意境，而且和谐悦耳，节奏明朗，韵律协调。

信手拈来几联。

福建闽侯崇圣禅寺，“冷冷清清雪，茫茫渺渺峰”。

崇圣禅寺位于闽侯县大湖乡雪峰山南麓，始建于唐咸通十一年（公元 870 年），干符二年（公元 875 年）建成，赐名“应天雪峰禅院”。联为已故经济学家许涤新先生所撰。实景中所蕴含着的冷落寂寞、渺茫、空虚，反衬信仰的洁净、高深。

广东新兴国恩寺，“朝朝朝朝朝敬敬敬敬敬，齐齐齐齐齐戒戒戒戒戒”。

国恩寺是中国佛教禅宗六祖慧能大师的故居和圆寂之所，始建于唐高宗弘道元年（公元 683 年），唐中宗神龙三年（公元 707 年）赐名为“国恩寺”。自唐至今，国恩寺在佛教界被视为岭南第一圣域。这联，活生生就是“菩提本无树，明镜亦非台，本来无一物，何处惹尘埃”的细读，或者说戏读。

福建福州西禅寺玉佛阁，“翠翠殷殷处处花花果果，朝朝暮暮时时鼓鼓钟钟”。

西禅寺又名长庆寺，位于福州西郊怡山，为福建五大禅林之一。这幅联，妙就妙在“殷殷”二字。你说它忧伤、忧郁也好，漫盛、炽盛或恳切、殷切也罢，即或就是一象声词，无论怎样解，都会落脚于鼓鼓钟钟。

陕西扶风法门寺，“法非法非非法舍非非法，门无门无无门入无无门”。

这是文怀沙先生所撰，延裕断作“法，非法，非非法，舍非非法；门，无门，无无门，入无无门”。从辩证法的角度，这就是否定之否定。

类似者诸如：

福建莆田梅峰寺，“无无上无这法门本来无着，了了不了问大众哪个了时”。

梅峰寺位于福建省莆田市城厢区梅峰山麓，因山上遍植梅树，故称“梅峰”。该寺创建于宋元丰八年（公元 1085 年）。宋崇宁二年（公元 1103 年）赐额“默林佛国”，故称“梅峰寺”。

甘肃庄浪云崖寺大佛洞，“上上下下来来往往脚踏稳上边总比下边好，往往来来下下上上心放正下来何如上去难”。

湖南长沙寿仙寺，“木鱼击落碧湖月觉觉觉觉先觉后觉无非觉觉，金钟打动世人心空空空空色空相空总是空空”。

四川江津石门大佛寺，“自在观观自在无人在无我在问此时自家安在知所在自然自在，如来佛佛如来有将来有未来究这生如何得来已过来如见如来”。

少林寺，“人世间法无定法然后知非法法也，天下事了犹未了何妨以不了了之河南登封少林寺”。

四川乐山凌云寺，“笑古笑今笑东笑西笑南笑北笑来笑去笑自己原无知无识，观事观物观天观地观日观月观来观去观他人总有高有低”。

要之，佛法是对宇宙人生的真实相的认识，学佛的目的就是为了使人彻底获得解脱、离苦得乐。辩证法是认识宇宙万有和一切存在的、本质的、唯一正确的方法，掌握辩证法可以使人在自然存在面前获得更多的自由。辩证法属于佛法，佛法则包含着辩证法。如果我们能站在佛法的高度去理解和应用辩证法，那么辩证法将变得更为彻底和正确。另一方面，倘若我们能发现和了解佛法里大量的、深邃的辩证法，那么佛法也将不再神秘。

进而论之，无产阶级革命导师恩格斯，也称佛教徒是已经掌握了辩证思维的较高发展阶段上的人，这绝非戏言，绝非偶然。因为，佛法与辩证法非但不冲突，而且有相通之处。但佛法就是佛法，它和哲学又不完全相同。哲学是对所有科学的概括和抽象，佛法则是把这种抽象由人本身通过修行而实证出来。

跋

结识少林寺释延裕师有些年了。

这多年来，每每出差路经河南，倘有余暇，间或赴少室山下走走。别无他意，只是嵩山于我的吸引，只是想去品品茶。

所谓散心，实则情结在心，学养使然。嵩山地质地貌之独特，向为世界地质学界推崇，于我亦然。离开繁华都市，携一二好友，流连于嵩山密林、峰巅、沟壑间，心境淡淡的，境界却浓浓的，出入之间，很是惬意。

所谓品茶，便是品味释延裕师泡的茶。延裕的茶艺还是很到位的。品茗之余，谈佛、敬佛、礼佛。徜徉于出世入世之间，另一种心境油然而生，也很是安慰。一向以来，这是我对宗教的态度。

年复一年。

丁亥年夏，在少室山下见到释延裕师的《词与禅：少室笔记》书稿时，给我的，是又一份欣喜。

谓之欣喜，在延裕师提到了境界，深得我心。

《蝶恋花·〈瑜伽菩萨戒本〉与〈梵网菩萨戒本〉之比较初探》一文中，延裕师提到“尽管一向崇尚禅，喜好词。然则，身为出家人，经卷尚需老老实实去读，学问尚需认认真真去做。一如静安先生论‘顿渐’时所言，古今之成大事业大学问者，必经过三种之境界，‘昨夜西风凋碧树，独上高楼，望断天涯路’、‘衣带渐宽终不悔，为伊消得人憔悴’、‘众里寻他千百度，蓦然回首，那人却在灯火阑珊处’。”

多年来的嵩山之旅，我所收获的，便是这一直追求的境界。

《词与禅：少室笔记》充溢着一股淡淡的清香，正是境界使然。如静安先生《人间词话删稿》十三中所云，“言气质，言格律，言神韵，不如言境界。有境界，本也；气质、格律、神韵末也。有境界而三者随之矣。”在在矣。

唯此境界，便有了内心的天高地阔。

身为出家人，延裕师修行诵经的同时，尚关注世俗的情境。于“可堪孤馆闭春寒，杜鹃声里斜阳暮”之“有我之境”和“采菊东篱下，悠然见南山”之“无我之境”二者间，能够“入乎其内”，且“出乎其外”。《菩萨蛮·人本思想在〈杂阿含经〉中的显现》，《春光好·中国佛教的发展》，《如梦令·菩提道次第中的“布施观”》等文中，言及人本思想，言及布施，言及中国佛教，不乏理性的思考，不乏出世者的入世情怀。还如静安先生《人间词话》手定稿之六十所言：“对宇宙人生，须入乎其内，又须出乎其外。入乎其内，故能写之；出乎其外，故能观之。入乎其内，故有生气；出乎其外，故有高致。”

初冬时节，释延裕师获得了北京大学硕士学位，我以此文以示祝贺，愿他日有精进！

陈道馥

丁亥年仲秋于北京陶然亭